Boa noite, Amazona

Manoel Herzog

Boa noite, Amazona

ALFAGUARA

Grafia atualizada segundo o Acordo Ortográfico da Língua Portuguesa de 1990, que entrou em vigor no Brasil em 2009.

Capa e ilustração de capa
Claudia Espínola de Carvalho

Imagens de miolo
Charles Walker Collection/ Alamy Stock Photo/ FotoArena

Preparação
André Marinho

Revisão
Luciane Helena Gomide
Renata Lopes Del Nero

Os personagens e as situações desta obra são reais apenas no universo da ficção; não se referem a pessoas e fatos concretos, e não emitem opinião sobre eles.

Dados Internacionais de Catalogação na Publicação (CIP)
(Câmara Brasileira do Livro, SP, Brasil)

Herzog, Manoel
Boa noite, Amazona / Manoel Herzog. — 1ª ed.
— Rio de Janeiro : Alfaguara, 2019.

ISBN: 978-85-5652-085-2

1. Ficção brasileira I. Título.

19-25156 CDD-B869.3

Índice para catálogo sistemático:
1. Ficção : Literatura brasileira B869.3

Cibele Maria Dias — Bibliotecária — CRB-8/9427

[2019]

EDITORA SCHWARCZ S.A.
Praça Floriano, 19, sala 3001 — Cinelândia
20031-050 — Rio de Janeiro — RJ
Telefone: (21) 3993-7510
www.companhiadasletras.com.br
www.blogdacompanhia.com.br
facebook.com/alfaguara.br
instagram.com/editora_alfaguara
twitter.com/alfaguara_br

À memória de meu pai,
Manoel Chainça

Com um especial agradecimento à Rakel Possi,
minha bruxa-espanhola, e ao sr. Agostinho Pereira,
in memoriam, caboclo e velho mestre.

*No consigo dormir. Tengo una mujer atravesada
entre los párpados. Si pudiera, le diría que se vaya;
pero tengo una mujer atravesada en la garganta.*
Eduardo Galeano

Tem sido difícil dormir. Horas a fio, a mente supera qualquer tentativa de anulação e pensa, insistente. Se o cansaço, por fim, a vence, e o sono começa a ultrapassar a barreira da vigília, então é que as pernas chutam. Involuntariamente.

"Pai, como faz pra parar de pensar?"

"Pois que não dá, ó filho, ninguém o consegue."

"Mas eu quero conseguir."

Tinha eu aí sete anos. Ele saía do diálogo à francesa, passava a falar pra ninguém:

"Dane-se" — balbuciava, espectro confuso atrás da fumaça do cigarro. Não era propriamente este o xingamento que proferia, mas vamos iniciar a narrativa sem termos chulos. Não gosto.

Depois de me fazer dormir ligado a trinta e dois eletrodos — contei-os — que drenavam meus sonhos a um computador, o médico fez um diagnóstico bonito:

"O senhor padece da Síndrome das Pernas Inquietas. É uma doença nova, tem acometido muitos indivíduos. Trata-se com os mesmos medicamentos para epilepsia e mal de Parkinson."

Tremi. Sou um sujeito à frente de meu tempo; inauguro doença, lanço moda. Há trinta anos tive depressão. Talvez fosse comum em Europa ou Estados Unidos, aqui ninguém conhecia. Estava ficando Louco, não compreendia aquela tristeza inusitada. Uns diziam ser esgotamento, outros, frescura; hoje é moda. Todo mundo que conheço tem ou teve episódio de depressão, síndrome do pânico, essas coisas. Pega até mal não padecer do Mal, sugere inutilidade, coisa de gente fútil imune a estresse, madame de shopping ou hippie pré-histórico.

A Síndrome das Pernas Inquietas vem se tornando popular, sai até em jornal; tenho sido um dos privilegiados em portar esta notável patologia, coisa de gente antenada, plugada, moderna. Só que não sou tão moderno assim, estou com quarenta e nove, quatro mais nove igual a treze, número de morte e transformação; energia de sexo neutralizada que se transmuda em impulso elétrico; eros que trava num falo inerte e foge às pernas onde há a descarga; chute a gol.

Minha vida acadêmica pautou-se nas aulas da faculdade de economia, que concluí, pra onde fui atrás de contato com a obra de meu ídolo, Karl Marx. Na Escola fui apresentado a Lord Keynes, Malthus, Marshall, Galbraith. Lá só ouvi falar de Marx, e mal, de passagem. Assim, os anos de militância política da juventude pouco me valeram nos estudos. Formado, a despeito de ver no curso da vida vários de meus companheiros chegarem ao poder, não logrei sucesso em obter cargo público; a direita é mais solidária com seus adeptos. Fui trabalhar num banco privado, galgando considerável sucesso numa carreira anônima, tão anônima quanto as sociedades cujas ações eu era virtuose ao manejar. Por exemplo, é minha ideia o comprometimento do salário e da aposentadoria dos proletários através de empréstimos consignados em folha de pagamento. Interessante filão no mercado de empréstimos, este dos pobres solventes. Rico é que gosta de dar calote. Segundo a máxima do mercado financeiro, o pobre paga direitinho, tem a honra por singelo patrimônio. Aliei-me a juristas e especialistas da área para desenvolver o projeto de legalização desta brutalidade, levada a cabo com êxito nas instâncias legislativas e mais, sob aplauso. Um economista de esquerda jogando do lado inimigo é uma tragédia para a causa. Era politicamente correto legalizar a usura, banir do mundo os agiotas de bairro, essas sanguessugas. Na verdade, só fiz prestigiar o capitalismo, concentrando o ganho em menos mãos. Talvez por isso tenha sido castigado, carma, com a doença do chute das pernas.

Criticam-me por ainda nos dias de hoje ser discípulo, seguidor e adorador de Karl Marx. Existe uma corja que se arroga a destruir o legado marxista sem ter lido a obra. Não quero aqui ficar me justificando, mas li os cinco volumes do *O Capital* e o

Manifesto do Partido Comunista. Sei cantar o hino da Internacional, sou um rebelde disciplinado.

Pra afrontar meu pai, que me queria militar, adotei o liberalismo civil radical e acabei indo trabalhar pra um sistema monetário que ao fim das contas é mais opressor e ditatorial que qualquer Estado. Vem deste império cínico a explicação de um ateísmo mascarado sob a banalização do sexo, a valorização da propriedade privada, a negação do Estado para implantação do absoluto *laissez-faire*. Mais ou menos o que vejo lá no banco: dinheiro a juros altos para aquisição de carros, barcos, mulheres bonitas, viagens com a família, filhos. Não sinto orgulho de trabalhar pra essa turma. Essa incoerência, a revolta, essa misantropia foi que me levou às descargas elétricas nas pernas.

Abandonei-a depois de vinte e tantos anos, preferi viver só. Foi logo depois d'ela achar-se no direito de devassar o arquivo de minhas literaturas fajutas. Nosso casamento vinha ruim desde o tempo em que acordamos na casa de campo com o urubu pousado no galho do jerivá. Dias depois foi o sangramento, ela fechou as pernas e ficou na cama, prendendo até o xixi. Nada adiantou, aborto veio abaixo. Acendemos uma vela era oito da noite, de manhã quando saí para trabalhar passei ao lado da chama que se extinguia, derradeiro resquício de pavio. Foi só o tempo de ver aquele foguinho apagando, meu filho dando adeus. Converso até hoje, num agarramento à tábua da crença, com sua alminha; criança de um mundo ideal, céu futuro. Não tivemos *mais* filhos. Nem as relações sexuais chegaram mais a termo, tolhido seu clímax na paranoia de tantra-ioga e sublimação do desejo carnal, ascensão da energia, kundalini. Consequência desta prisão de baixo-ventre, a impossibilidade de novos filhos. A regulagem de gozo gerou outra consequência, tanto quanto funesta: os chutes nas pernas.

À semelhança dos centauros, sou dividido numa metade superior, pensante, e outra inferior, animal. Esta, guiada pelo impulso sexual, dana a querer trotar, galopar, andança equina desenfreada. Nos dois ou três primeiros coices o sono foge esbaforido, o corpo acorda assustado, o coração dispara, arruína tudo. Tenho, portanto, depois de tantas noites sem dormir, adquirido esta sensação de lã de vidro nos olhos, este torpor, estas pernas que queriam ir pra outro canto, este spleen, desgosto da vida. Desculpem a verborragia.

Tentativas, fiz muitas: psicanálise, tarô, consulta espiritual, medicina alopática, medicina homeopática, flertei com a ioga, noivei com drogas leves e pesadas, casei com a desilusão. Nada resolveu, divorciei d'ela. Pra me recuperar do baque, como a bruxa-espanhola havia profetizado que a cura estava na floresta, decidi viajar pra um lugar qualquer, que acabou por ser uma aleatória Manaus. Até então minha vida era um fugir da solidão, escorar na segurança privada do casamento ou na segurança pública das confrarias, alienar a individualidade a ela, aos clãs, às lojas, patotas. Herança de meu pai, bodas de prata com a mãe, amante de heráldica, achava que a ditadura ia durar para sempre, admirava sociedades conservadoras, os clubes fechados, reuniões secretas, seitas cristãs que pregavam a expiação dos pecados pela humilhação do corpo, a tradição, a família, a propriedade. Amava a maçonaria. Na juventude foi que engajei nas lutas da esquerda e na negação do regime militar, conservando até hoje o horror à farda, à disciplina de caserna, a todo o aparelho do Estado, polícia, judiciário. Depois de sereno, a plaina da vida raspando asperezas, acabei iniciado na mesma oficina de meu pai, Augusta e Respeitável Loja Simbólica (ARLS) Flor de Acácia do Bixiga, conscientemente submetido à disciplina que leva à Sabedoria.

A vida é uma preparação para a morte. Perto dos cinquenta a gente se apropria dessa verdade, se dá conta de que está avançado e é irrefreável o procedimento. Da necessidade de fazer algo antes que tarde, eu, que nunca havia saído de São Paulo, comecei me lançando à tímida aventura de ir a uma feira literária sozinho. Desviando de figuras com chapéu-panamá eu tropeçava pelas pedras de um calçamento colonial, parava para ver enquetes, hippies, hare krishnas, violeiros, poetas, igrejas. Tomei ali a séria resolução de voltar a fumar e aumentar a bebida. A volta da viagem teve um efeito deletério pro casamento. Passei a morar no quarto com a garrafa de café e cigarros, sonhando viajar e decidido a escrever.

No início, meu aparato compunha-se de simples lápis e caderno. Feito um Mago, fui colecionando apetrechos sobre a mesa de trabalho, adaptei minha escritura ao computador e aos periféricos que já utilizava pras operações financeiras, chegando mesmo a armazenar meus textos num equipamento denominado pendrive. Achando-a um instrumento do capitalismo, e preservando minha literatura num altar inconspurcável, eu havia resistido o quanto podia à informática para escrever, menos por ideologia que por vergonha da inabilidade. Precisei capitular, obviamente. Ela me ensinou a trocar e-mails e mensagens em redes sociais com outros aspirantes a escritor. O tal pendrive era o depositário de meus textos, segredos traduzidos em ficções. Naquele cofre estariam protegidos para sempre, mas como lê-los? Claro que imprimi o conteúdo, pra meu próprio deleite; é tão prazeroso ler os próprios escritos quanto admirar nossas fezes. Dá-se a desculpa de verificar vermes, sementes ou erros ortográficos, mas a gente olha mesmo é por vaidade. O que não imaginei foi que o arquivo pudesse ser um dia descabaçado por ela, que achou de bisbilhotar meus esboços. Um dia acordei com ela chorando ao lado — tinha lido o conteúdo das folhas impressas, que desgraçadamente esqueci sobre um móvel: relatos dos aborrecimentos do casamento, aventuras amorosas, enxertos de fatos reais na criação. Havia, na insipiência de iniciante tardio, desenvolvido um método literário que consistia em fazer uma reportagem da própria vida, um confessionário. Depois de algum tempo sacava da gaveta esse acervo e começava a enxertar de fantasias ou experiências alheias. Impessoalizadas assim minhas histórias, dava-lhes o rótulo de ficção, descomprometendo autor e personagens.

Chorou meia hora ao meu lado até que eu perguntasse a razão do choro. Depois, numa explosão de ira, disse que desistia, que não me queria infeliz daquele jeito, que também precisava ser feliz, ia buscar alguém que a respeitasse. Mulher nessas horas irrita. Concordei com a separação, embora injusta a condição de culpado que me era imputada, afinal eu é que tinha sido violentado. Pior de tudo a vergonha de ver aqueles textos brutos lidos em gestação, fetos incomodados expondo qualquer falta de talento. Sem as alterações que ainda se faziam necessárias, seriam vinho fadado ao vinagre, mas à custa de revisões eu os tornaria primores, traziam a semente do meu gênio, faltava-lhes lapidação, apenas. Além de uma mulher ressentida, tinha agora uma testemunha cabal da minha inaptidão literária. Dali, parti para o Amazonas.

"El Imperador de cabeça para barro, esto quiere decir bocê. Hombre sin poder."

A bruxa-espanhola decifrava meus complexos com seu tarô ensebado. Depois desta primeira carta saíram o Papa, de cabeça pra baixo, separação; a Imperatriz de cabeça pra baixo, ela, sofrendo tanto quanto; a Torre, em pé, que identifiquei como o patrimônio dissolvido, o sítio, mas a bruxa disse que não era só isso, haveria um quadro de violência, até morte. Parei de interpretar as cartas; quando saiu a última, O Eremita, fiquei à espera do prognóstico.

"Un estranrrero, talvez un índio, te va adjudar. Una murrer, linda. Una índia. Veo florestas, matas. Tu cura es en la mata."

A bruxa obviamente falava um espanhol impecável, que me é difícil reproduzir por absoluta falta de erudição. Foi quem me aconselhou a fazer uma viagem iniciática, tirar um semestre sabático, não ficar estático, essas coisas. Programei a viagem com cuidado: óculos de leitura, um Stendhal, remédios para dormir, o antidepressivo, celular, talão de cheques, cartões, cabiam numa mochila os meus pertences. Complicado era dar conta das coisas maiores, o sítio e o caboclo-velho. Conheci-o logo após a morte do pai, ocupou esse vácuo. São José, carpinteiro velho, *pater putativus*. O caboclo não andava bem, câncer de próstata, mantinha sob sigilo as fraldas geriátricas, desmaiava escondido, levantava sem passar recibo. Mestre construtor, figura bíblica de um Hiram Abif, carpinteiro que conhecia o processo desde a matéria-prima, vinha dos tempos do desmatamento do Centro-Oeste. Cortava na lua certa, secava, pranchava, aplainava. Agora, que não tem mais árvore, se virava com tábuas recicladas. Com seu auxílio construí a casa do sítio, num barranco de onde via o mundo. Terminada a construção dispensei-o, não tinha porque ficar pagando um funcionário incapacitado por doença. Antes o tivesse deixado ali.

Depois dele, meu primeiro caseiro foi o caipira. Chegou achando de cepar, na minha ausência, pés de manacá e gravitinga que insistiam em ressuscitar das socas na terra devastada que era o sítio no começo. De saída fui mau com ele, não registrei, neguei toda sorte de benefícios, era duro nas ordens; respeitou por um tempo, mas logo vieram as insubordinações, até que o demiti, pedindo que desocupasse o barracão de caseiro. Foi quando achou de implantar socialismo em terras minhas; dizia ter direitos, não ter teto, terra tampouco. Comprei um trinta e oito de numeração raspada no firme propósito de matar o caipira, de quem por pouco não dei cabo. Naquela época tinha saído a mesma Torre no tarô da bruxa-espanhola, minha Papisa. Suas previsões eram cirúrgicas, mas lamentavelmente só compreendidas depois de consumadas.

O meu humanismo, que me leva a ser contrário ao aborto e à pena de morte, desrecomenda privar alguém de vida. Contudo, uma entidade verminosa feito o caipira bem merecia ser exterminada. Ficou de ameaças, mandando recados, que me pegava, que eu não era homem. Fui de noite no barracão assuntar que desaforos eram aqueles. Arregou, disse que tinha falado nada, invenção daquele povo, gostava muito de mim, maior respeito. Voltei pra casa com a arma no bolso, feliz comigo pela coragem de ir na brenha encarar um bruto àquelas desoras. O caipira desocupou o barracão, depois levou-me à Justiça, paguei qualquer coisa e fiquei livre; achava. Castigo veio depois. Sem ter que fazer da arma, guardei no alto da estante de meu gabinete.

Naqueles dias me vinha importunando um mutuário de empréstimo consignado em folha, reclamava dos abusos do banco no contrato, que comprometiam metade de seu minguado salário. Eu não podia fazer nada, contrato firmado e, ademais, o saldo do empréstimo tinha sido consumido, do que ele esquecia por conveniência. Depois de algumas dispensas voltou com o filho, chegaram ponderando, educados. Fui educado outro tanto, "Posso fazer nada, regras do banco". Dali pros insultos foi pulo. Doeu quando o rapaz falou que me pegava na rua. Podia ser meu filho, "Respeite os mais velhos, safado". Botei pra fora. Na rua, hora do almoço, veio me abordar. Me esperava, afastei-o a socos e entrei no restaurante. Acharam de ficar chutando porta do restaurante e berrando, o que me obrigou a plantar-lhes na cara o revólver que trazia comigo. Correram, deu polícia, panos quentes depois. Acabei amigo do policial que atendeu a ocorrência, cheguei a facilitar-lhe crédito num empréstimo consignado, pedi que desse fim no revólver. Ele guardou pra si, disse que revólver raspado era bom pra matar vagabundos. Daquele episódio tirei profundo ensinamento: um ecossocialista nada deve ter que não use. Não viola regras cristãs nem consome recursos naturais à toa. Já que quem tem arma não sossega se não usa, melhor é nem ter.

Sem caseiro, calhou bem à situação uma súbita vontade do caboclo-velho em se aposentar de suas marcenarias, não podia mais com pó de ipê. Sugeri parceria, ele morar de novo no sítio. Começamos por criar porcos e vacas.

O porco é o único animal cujos órgãos se podem utilizar em transplantes no ser humano, expliquei isso pro caboclo, e ele concluiu que isto se dava não por ser um porco criatura evoluída, próxima à sofisticação da humanidade, mas é o homem que, guardando profunda natureza suína, não rejeita a implantação de tais órgãos a seu conjunto.

"O homem tem a mesma compreção que o porco."

Compreção, este neologismo caboclіano, queria dizer, naquele contexto, tanto a compreensão que um porco tem do mundo quanto compleição. Pesando-se bem as coisas, um homem não difere muito. No tempo em que conheci o caboclo-velho quase que enveredo pelo grande sertão e embarco na sua lira de canário da terra. Queria escrever cantado uma linguagem nova, telúrica. Aprender da vida, ler, ruminar, regurgitar, escrever. As vacas me ensinaram muito sobre literatura, engolir o quanto puder de informação sem deguste, depois ruminar. Mandar palavras e entrelinhas, capins e cevadas pra dentro, como fosse o inconsciente um bucho bovino, chapá-lo. Depois voltar tudo pra boca, regurgitar, ruminar, mastigar, engolir, nutrir, escrever. O maior ensinamento que colhi, no entanto, foi aproveitar a própria energia desperdiçada na retroalimentação do moto-contínuo. Uma vaca parida perdia peso à medida que amamentava. Muito pouco do seu leite era destinado ao bezerro, deixávamos o mínimo pra poder obter mais litros. Na preparação de queijo restava aquele volume de soro, o subproduto. Inventei, com esse soro, um mingau de fubá, ministrando-o à própria vaca, com o que voltou a ganhar peso. Vali-me desta observação quando mais tarde, perdidos os bezerros da vida, continuei dando leite. Passando a me nutrir de leites próprios, dei pra traduzir em ficções minha energia.

Voo nove da manhã, chegar ao aeroporto uma hora antes. Não foi difícil acordar, as noites têm sido um deitar meia-noite pra acordar chutando às três. Fiz as recomendações de praxe ao caboclo-velho, desnecessárias, cuidava do sítio melhor que eu. O meu espírito já estava na Amazônia, agora era cuidar de levar o corpo.

Caras sonolentas encontrei naquele ônibus noturno, aos pares, de malas prontas. Às seis estava no aeroporto pras primeiras horas de tédio e espera. Mal entrava e um casal de clientes indo pro Chile em luinha de mel. Tenho desgosto de casal feliz, vinho, lareira, cueca de seda, essas coisas. Conversei, como cabia à situação, amenidades, cafezinho, pão de queijo, cigarrinho, boa viagem. Embarcaram às sete. A mulher ia feliz, cuidava de seu homem, um tosco que talvez não pensasse além dos investimentos que fazia comigo no banco. Ela o tratava não como a um burguês, mas a um poeta, devia temer perdê-lo. Uma verdadeira Imperatriz.

"Não se esqueçam de ir na casa de Pablo Neruda."

Das sete às nove foi a oportunidade que me restou por toda a viagem para ler um capítulo do Stendhal em meio à multidão de portadores de notebooks, tablets e iPads, cada qual atento a seu respectivo objeto. Voltei pra um derradeiro café. Alguém abordou o sujeito ao meu lado.

"O senhor não é o jornalista?"

Ele mesmo, o boçal do telejornal da manhã, defensor da pena de morte, diminuição da maioridade penal, construção de mais presídios. Ia ao orgasmo quando a polícia matava, e conduzia a orgasmos coletivos a legião de bestas-feras que o acompanhava na TV.

"Sim, assiste ao meu programa?"

"Assisti ontem, a queda do caminhão na ladeira."

"Obrigado pela audiência, muito obrigado."

"Obrigado é o cacete. Eu sou caminhoneiro."

Queria saber que história era aquela de caminhoneiro tomar bola pra ficar acordado, que ele era chefe de família, não usava droga. Perguntou ao jornalista se ele já havia dirigido dezoito horas seguidas, e sugeriu-lhe tirar o rabo lá do seu estúdio e encarar uma boleia pra ganhar a vida; e repetir o que falou, se fosse homem. Por um segundo me assaltou a inclinação de sentir pena do jornalista. Mas passou. À moda de todo fanfarrão, ele arregou, engoliu seu café, baixou a cabeça e saiu de mansinho. Bem feito; o inimigo se deve respeitar, pena jamais. Escolheu pelejar naquela trincheira, aguentasse. Chamei o garçom:

"Cobra aqui o meu café, por favor. Também o daquele cavalheiro."

No ônibus pro avião, meus companheiros de viagem eram um grupo de estrangeiros tatuados e com piercings, um sujeito da calça de braguilha atrás, no rego, com um estoque de artigos da 25 de Março, duas famílias caboclas de mudança, alguns repórteres com equipamento de filmagem, gente comum que nem eu. O voo partiu do cenário das construções pétreas de São Paulo, logo sobrevoando o tapete verde de pastagens cortado de um Tietê prata. Por mais que a gente se tente violentar com fumos, alcoóis, remédios, poluições, o fluxo da vida é mais forte, São Paulo podia jogar a tranqueira que fosse no rio que logo adiante ele voltava a fluir piscoso. Por duas horas o cenário não mudou, pequenos pontos escuros denotavam focos de resistência da mata violentada. Enjoei da paisagem, monótona, fechei a janela. No meio da viagem abri para ver. Algum aumento nas bolinhas verde-escuras; de resto, só pasto e soja.

Sempre relutei em conhecer o Norte, não queria saber de onde se matam freiras e trabalhadores a troco de terra, depredação da natureza, derrubada de árvores. Dizem que é complexo de castração. Um Imperador sem poder deve deixar a Imperatriz governar, era isso o que eu tinha feito até ali, deixado que ela governasse.

O caboclo-velho se arrependia de seu tempo de madeireiro.

"Vida leva a gente a fazer pra comer. O senhor também não gosta de dinheiro, mas vive de vender ele."

Submeteu-se ao que não gostava pra sustentar a cabocla-velha e os filhos. Fez o que devia. Aquela era a primeira vez que eu ia viajar sem ela. Não teria quem me cuidasse como a um poeta. E eu bem que pensava além dos toscos investimentos do banco. Mesmo assim.

A prefeitura daqui achou de remodelar uma avenida tradicional, incomodando árvores centenárias. Esta flora urbana compunha-se de pés daquela castanhola cujas folhas avermelham e caem no outono. Um tronco com mais de metro e meio de diâmetro foi sacrificado, e isto se passava próximo de minha antiga casa. Parei quando vi os peões picando de motosserra, desci da caminhonete e pedi as toras pra eles. Poupados do trabalho de dar fim aos restos da árvore, embarcaram pra mim.

Dei cinquenta pros peões e o tronco foi dividido em três pedaços de dois metros. Tirei, depois, de cada tora, quatro pranchas e fiz doze mesas, *doze* hercúleos trabalhos, contei-os, com os quais imaginei fazer fortuna vendendo aos sitiantes vizinhos, esses móveis rústicos custam o olho da cara. Nem pra oferecer prestei, tenho vergonha de vender. Detesto promoters, guias turísticos, representantes comerciais, gerentes de banco, mágicos. Minha parte no banco, aliás, refere-se mais à sedução que à venda de produtos, levar um envelope pra um deputado, uma passagem aérea pra um juiz, um presentinho, essas coisas. Esse povo se compra com pouco mais que cinquenta.

Fiquei, assim, com doze inúteis mesas abarrotando a casa de um homem só, me lembrando de que eram espólio de um pau derrubado, ruim como a impotência. Meu desejo de conhecer a região amazônica sempre foi refreado pelo medo de ver de perto sua destruição, fantasia de castração que resolvi superar.

Era o fim de um Centro-Oeste devastado quando começou a aparecer floresta esquadrejada por um tumor verde-claro que avançava. Aquilo era o que eu temia ver, a minha radiografia em *pet-scan*, a sanidade representada nas reservas de mata comidas pelo avanço da soja e dos bois da depressão. Grileiros, madeireiros, índios mortos, pistoleiros, pobres mortos, pecuaristas, mineradores. Dizem que a Amazônia vai acabar com o derretimento das geleiras dos Andes e nem os gananciosos terão tempo de destruir aquilo tudo; mas fazem estrago.

Nos meus anos de Cavalaria (CAGAVC), a única confreira com quem ousei me envolver num romance clandestino, posto que eu era casado, foi a secretária. Era uma pulada de cerca protocolar, não muito diversa das que o trabalho no banco me proporcionava e que eu via de regra recusava, com clientes devedoras em busca de crédito. Com a secretária a relação foi permeada por algum sentimento, talvez o interesse comum pela elevação espiritual, que devemos convir ser superior a saldo bancário na escala de valores universais. Creio eu. O de mais peculiar que lembro desse affaire era o receptáculo que a secretária acoplava à frente da calcinha, na região pubiana. Um pequeno coletor, um nanocompadre por onde recolhia o sangue da menstruação, de vez que não usava absorvente convencional. Manifestei meu espanto com aquele artefato, e a secretária me levou a uma jardineira que mantinha na sala de seu apartamento, onde vicejavam coentros e alfaces soberbos. Explicou-me que os vegetais eram adubados com aquele sangue menstrual, que denominava "sagrado feminino". Depois soube que as demais integrantes da seita observavam igual procedimento, e que havia mesmo uma horta comunitária no templo, para a qual eu desgraçadamente era o único que nada tinha a oferecer. Talvez a bruxa-espanhola também não mais, tudo indicava flertar com a menopausa, não era uma menina.

Fechei de novo a janela do avião. Como os após-tolos na noite do Getsêmani dormi, não conseguia orar nem podia vigiar. Sonhei com o caipira armado, apontando pra mim o trinta e oito da numeração raspada, me imobilizando enquanto um exército de tratores dizimava o bosque do sítio. Madeireiros. Acordei com o comandante falando qualquer coisa sobre a proximidade do pouso e abri a janela pra um verde interminável. Só não entendi, à primeira vista, ainda tonto de sono, aquela estrada rasgada a trator num oceano de folhas, feito uma vagina, uma insólita estrada de bitola maior que o convencional, como se lá de cima eu pudesse comparar alguma coisa. Desperto, dei conta do erro: não era estrada, mas um rio barrento, infinito, o Solimões. Apaguei da memória o câncer que comia a Amazônia pelas beiradas e decidi mergulhar fundo no mar de clorofila, aquela exuberância regada a mênstruo de um exército de amazonas. Eu era o Imperador, o exército inimigo tomava meu império cercando, sufocando, a Imperatriz havia ido embora, mas ainda podia contar com algum território e forças nacionais. Era um Imperador de cabeça pra baixo, mas podia me pôr de pé e estancar o avanço da tropa inimiga.

Associei ao pai, ele numa infância lá atrás telefonando de Manaus pra perguntar se eu queria um filhote de onça, a mãe me proibindo de aceitar.

"Não quero não, pai", declinei, frustrando sua empolgação.

"Foda-se."

Não passava recibo de desconsideração. Desculpem o termo chulo, sem usar não explico, desesperei-me de inaptidão literária. Falando do velho ou em pânico volto a usar.

Desci na úmida Manaus à uma da tarde. A família de caboclos desembarcou uma infinidade de malas, o rapaz da braguilha invertida sumiu com suas piratarias, os gringos com suas mochilas. Sumi também, com meu Stendhal, selva da solidão adentro.

Na van turística foi junto um casal de Chicago, lugar que eu só conhecia de livros; por questões ideológicas jamais admiti ir aos Estados Unidos. Falei pra eles de minha São Paulo, uma das cinco maiores cidades do mundo, eufemismo para justificar ser a quinta. A imbecilidade, proferida num inglês infame, despertou aquele sorriso que demonstra nenhum entendimento do que se ouve. Tanto melhor.

Na verdade era esta a minha primeira viagem de avião, antes havia saído de minha cidade apenas em ônibus, pra expedições simplórias ao interior. Gosto de São Paulo, única metrópole que conheço, pois nem sequer ao Rio fui, mas faço relatos esplêndidos das capitais que não visitei. Desenvolvi um método literário para tanto e, antes de me julgarem estelionatário nas letras, fiquem a saber que Machado de Assis nunca saiu do Rio de Janeiro, e nem Castro Alves foi à África. É possível escrever do não vivido, por isso o processo é chamado ficção. Posso, por exemplo, relatar com minúcia minha viagem à Áustria.

Nunca me lancei a deprimentes compras nos outlets de Miami, nem fui sacar fotos clichês naquela torre da França. Elegi lugares inusitados, como esta Manaus de agora, ou a Áustria daquele verão. Interessava-me era saber da pátria musical que nos legou Amadeus Mozart, o caldo de humanidade que forjou um espírito feito Sigmund Freud. Posso dizer que é um país singularíssimo, com ruas e avenidas belas, uma arquitetura harmônica e original, mas principalmente de um povo afetuoso e muito inteligente. Na gastronomia é imbatível, as carnes são supremas, saboreei suculentos churrascos. Mas o melhor de tudo é, por assim dizer, a fotografia. Paisagens belíssimas tem a doce Áustria, campos infinitos afagados por um sol dourado, onde podemos sentar e contemplar de longe o saltitar dos graciosos marsupiais.

Podem, também, dizer que nunca fui a Manaus, que tudo não passa de uma invenção da minha cabeça, paciência. Agora o que nunca visitei, nem em sonho, foi Nova York, faço questão de dizer que não conheci, pelas razões expostas. Fiz várias viagens imaginárias, um escritor deve fazer isso, até em volta de seu próprio quarto. Gosto da Cidade do México e suas caveiras, celebração colorida da morte. Gosto de Buenos Aires, Paris, as estátuas lembram cemitérios. Fui a Tóquio em 1999 em meio a uma profusão de palmeirenses eufóricos, e o fiz com a esperança da derrota, que se concretizou, mas admitia a probabilidade de o Palmeiras ganhar aquele mundial. Foi uma bela tacada, um investimento de risco altamente rentável, oportunidade ímpar de satisfazer prazeres sádicos no avião de volta com os carcamanos integralistas em pleno funeral do perdimento do título. Não é bonito se comprazer da dor alheia, mas, em se tratando de futebol e política, admitem-se, sectarismos maiores. Luta é luta, armada ou velada. Metrópoles eu conheço quase todas, portanto, mas fujo pro mato, atrás de bichos diversos daquele um que desgosto, o ser humano. Fujo pra escrever, partindo de duas expressões que o uso popular cunhou: *bicho urbano*, aquele que vive na pólis, e *bicho do mato*, criatura antissocial que evita seus pares. Trato-me, no caso, do *bicho urbano do mato*.

Depois de largar o casal num hotel o condutor, muito solícito e penalizado de minha desambientação, proporcionou um city tour. Mostrou o teatro de ópera, a catedral, uma estação alfandegária cujos blocos tinham sido importados de Europa, o porto flutuante e um bizarro prédio que consistia em vários andares de estacionamento, a Garagem Municipal. Em Manaus a frota aumenta desordenada, como toda cidade nestes tristes tempos, mas com uma agravante, os carros não saem, dali parece que só se escapa por água ou pelo ar.

Carros horríveis há também em São Paulo, muitos como selo *propriedade exclusiva de Jesus*. Abdicam alguns, em suas declarações espirituais de bens, da propriedade em favor do Mestre, na esperança de não se verem tributados no tribunal celestial, quando o próprio Jesus os virá julgar. Além de sonegação fiscal acumularão culpa por falsidade ideológica, raça de víboras. Jesus, ele mesmo, pouco se lixa pra frota. Gosta mesmo é de andar de burrinho. Que barroco haverá de gerar essa estética pentecostal avessa a santos e rococós. Que guerra essa dos cristãos capitalistas versus mídia anticristã. Autofagia, cobra comendo cobra. Se matem.

Perguntei pro condutor, a fim de testá-lo, o que significavam esquadro e compasso cruzados no alto das colunas de entrada de um prédio. Falou, com a desconfiança dos profanos, tratar-se de uma loja maçônica.

"É uma igreja?", perguntei, dissimulado.

"Acho que sim."

"Quando é a missa?"

"Terça."

Fui iniciado na mesma loja de meu pai em São Paulo, Augusta e Respeitável Loja Simbólica (ARLS) Flor de Acácia do Bixiga, onde se estudava a história de um pedreiro bíblico de nome Adoniram. Depois, com um grupo de amigos, fundei a ARLS Sociedade dos Poetas Mortos. Usamos o nome de um antigo filme pra essa confraria de literatos herméticos, poetas visionários. Ao contrário do que o imaginário profano delira, e que tratamos de alimentar, a sociedade não era tão fechada assim, nem o ingresso tão difícil, bastava um de dentro indicar. No mais, era ser homem livre e de bons costumes, conceito que reconheço genérico. Exigia-se do aspirante à iniciação tão somente crer, ateus não se permitiam. Fui descrente, materialista dialético, como bom marxista, mas aprendi Deus à custa de sofrimento; felizes os que creem. Aprendi pela dor, e era melhor ter crido. Sou, portanto, adepto do apóstolo Tomé, patrono das Letras.

Cogitei uma visita à loja manauara. Não saberiam de minha condição de proscrito, tomava emprestados balandrau e paramentos, sabia senhas, sabia arcanos. Privaria do convívio com irmãos como se ainda fosse um deles, abraçaria, oscularia, entre iguais. Acabei não indo.

Larguei no hotel o Stendhal que a partir dali não saiu mais da escrivaninha. Primeira experiência, almoçar sozinho, eu que não sei nem ir em restaurante assim, ela que escolhia prato, combinava bebidas, deitava um guardanapo de pano no meu colo, determinava o talher. O garçom apresentou o cardápio, ininteligível. Com fome e sem coragem de assuntar, pedi lasanha. Tomando a segunda caipirinha antes da chegada do prato fui me constrangendo de ver nas mesas vizinhas peixes exóticos, tartarugas, coisas que eu jamais ousaria pedir privado d'ela. Não comi o que queria, mas tudo bem, não passei fome. Vinha me tornando bastante versado na dura arte do estoicismo, pós-graduado na Universidade de Esparta. Comida italiana era o que de mais cosmopolita havia, mais óbvio que McDonald's, ó Manaus globalizada. Na mesa ao lado, um casal com duas crias. O menino, quase adolescente, arrotava, sob aplauso do genitor. Sua mãe ria, embora soubesse de cor os chistes familiares; não faziam graça entre si, pretendiam mostrar ao entorno como eram bem-humorados. A dado momento o touro patriarca começou a bolinar a mamãe. O menino agarrou a irmãzinha com qualquer lascívia incestuosa. Aprendem por imitação. Abominei o perfil daquela família humana que eu não tinha viajado tanto pra ver. No tarô clássico a figura do Papa significa o casamento, uma instituição tão em queda frente esta classe média bizarra quanto a Igreja.

Centro conturbado, camelôs em frente a lojas, piratarias, perfumes e óculos falsificados. Garrafas pet boiando no igarapé. Manguetown. Música eletrônica. Passei pela frente do teatro de ópera e desci ao porto pra assuntar opções de passeio rio e floresta acima. Gostei de um pouso num hotel flutuante a noventa quilômetros. Marquei pro dia seguinte, às sete. Ainda naquele dia desci de barco à confluência dos rios Negro e Solimões, encontro das águas escuras daquele com as barrentas deste, que por quilômetros iam se recusando a misturar, resistindo ao casamento. Não é sem qualquer renúncia que de duas carnes faz-se uma.

Do encontro das águas voltei ao porto, escurecia. Tomei o caminho do hotel, por entre barraquinhas de comida local, ao som daquela cúmbia-merengue-forró, quis dançar. Acabei indo a um bar de rock and roll, que não tinha forró de terça, e lá estava eu de novo comendo lasanha. Num telão passava jogo do Flamengo, fiquei de canto, corintiano, tomando cerveja e vendo o jogo até a entrada da banda, um infame cover de Legião, o nome do Diabo. Meu menu de viagem teve por entrada o classic rock. Fui até a sobremesa, o pop local, que descobri muito mais punk.

Fiz amizade com duas balzaquianas, o bar começava a encher. Fiquei ali pouco, não as convenci a me acompanharem na noite de amor. Me seria difícil escolher uma, feito aquele Enamorado que oscila entre duas mulheres, e o ménage mostrou-se interditado, queriam ser servidas com exclusividade, e o fato era que eu não servia mais. O máximo que consegui, de cortesia, foi um cigarro de maconha, presente da mais velha, que acendi e no qual fui dando longas tragadas pelo caminho de volta.

Todos os meus amigos dos tempos de juventude, exceção do que virou padre, são empedernidos maconheiros. Eu fumo quando quero, e só quando quero eu bebo, e pra jogo nem tenho paciência, e compulsões não são comigo, e apegos tampouco. Parei de fumar cigarro quando entrei na Cavalaria das Amazonas Guardiãs Armadas da Violeta Chama (CAGAVC), peculiar grupo ocultista. Reconheço que a sigla permite leituras de péssimo gosto, mas razões esotéricas levaram o grupo a adotar esta forma, sem retoques. Ingressei por amizade com sua líder, a bruxa-espanhola; a esta senhora e a um original de Neruda devo minha fluência em portunhol, idioma que aprendi sem aprofundamentos de sintaxe, do jeito que meu pai aprendeu línguas no cais do porto. Foi a bruxa quem me desensinou a infâmia do ateísmo, mostrando-me a última encarnação à força de hipnose.

O pai me obrigou, na juventude, a estudar as línguas que tinha aprendido sozinho. Naquele tempo o projeto de dominação internacional fez com que se abolisse o ensino de línguas cultas nas escolas. No liceu onde me matriculou, todavia, ensinavam ainda francês e latim. Inglês, curiosamente, não. Por conta disso, as tardes que eu pretendia destinar ao futebol pôs-me o velho a enrolar língua num desses centros de difusão do pensamento ianque travestido de curso de inglês, onde formou-se bastante de meu ódio aos Estados Unidos da América. Mas aprendi o idioma, melódico e belo, é bom falar a língua do inimigo. A professora de francês do liceu, mademoiselle, era uma mulher madura, vibrante, de glúteas fartas. Eu desejava suas celulites, crateras de amor sugeridas na aderente saia de tecido fino. Prestava-lhe sucessivas homenagens no recôndito da toilette. Meu arrebatamento deu-se na conjugação do verbo *perdre*, a voz rouca, o erre arrastando:

"Je perds, tu perds, il perd, nous..." Queria mais é perder, perder-me por mademoiselle, senti a língua francesa como passaporte a sentimentalismos e epifanias. No modo anglo-ianque só se admitem vitórias, só têm valor winners, bem-sucedidos, jovens empresários. De minha parte gostava dos que tudo perdiam: poetas, garrinchas, frades mendicantes.

A CAGAVC era um grupo de mentalização voltado à prosperidade material, propósito que arrebatava multidões. Talvez "multidões" seja uma liberdade poética de minha parte, afinal tudo faz parte do processo de se tornar escritor e, de mais a mais, tendo a aumentar um tanto as coisas que conto. Digamos que conseguia lotar, a cada reunião, uma sala de proporções acanhadas, onde fazíamos os visitantes mentalizar, com uma drusa de cristal sobre a mão esquerda e a direita injetando energia de prosperidade na pedra, os desejos que os gnomos de cristal haveriam de materializar. E o faziam, de fato. Eu, embora descrente, constatava que aquele placebo mental funcionava deveras.

Ampliei um tanto, neste fluxo de interessados, minha carteira de clientes, mas o que melhor me valeu foi adquirir expertise pra conduzir meditações grupais, que rebatizei aos VIPs do banco como *self improvement process*, pois novo-rico adora anglicismo. Eram proposituras de visualizações de cenas bucólicas, diamantes, cachoeiras, ametistas, água mineral correndo, rios de leite e mel, muito ouro. Desvirtuei um tanto a intenção original do grupo: com auxílio da diretoria do banco limitamos o acesso às reuniões para clientes exclusivos, *first class*, pessoas de bom gosto. O fato de ser aquinhoado com tais títulos fidelizava o cliente, e daí por diante era tranquilo.

Dormi emaconhado. Às sete horas o telefone do hotel me sobressaltou. A custo levantei, banho frio, coração disparado. Tomei café com sensação de quem se recusa a despertar, quando os pulmões parecem ter chorado e os olhos ardem. Meu caminho se bifurcava: era prender-me ao passado, à lembrança de mademoiselle, ou seguir a exortação da bruxa e buscar a cura na mata. Perder ou ganhar.

"Monsieur aceita um pouco de salpicão?"

Ainda pela manhã, começando a refazer-me do efeito da erva, me assaltou esta lembrança do pai, na minha festa de formatura do Liceu. Mademoiselle e a diretora se aproximaram gentis de nós dois, aquela ofereceu o quitute tão amorosamente preparado pra colher a improvável resposta:

"A senhora me pode dar o sal. O picão fica para si."

Obviamente não fez a menor graça, antes, constrangeu-me. Hoje, ao lembrar, rio tanto. Não soube ser espirituoso assim com as balzaquianas na noite anterior.

No hall esperava a pesquisadora; morena clara, óculos redondos, vestido florido, uns badulaques de osso e casca de coco. Mestranda em literatura, investigava a influência de Camões na lírica de Gregório de Matos. Às sete, ainda tonto, ter por companheira de passeio uma mulher assim me agradou sobremaneira. A possibilidade de um novo amor se fez plausível, e a companheira de tantos anos, ela, teve sua imagem dissipada no longínquo ponto de fuga de um retrovisor enquanto eu seguia avante no Carro puxado por dois alazões mágicos, a vida avançando, a pesquisadora no banco ao lado do motorista. Passado este devaneio, entramos foi numa van da agência de turismo e seguimos para o barco; e fiz, novamente, o passeio até o encontro das águas de Negro e Solimões, que a pesquisadora ainda não conhecia; rios imiscíveis. Na van da agência, ao contrário do Carro mágico que eu pilotaria, ela não foi no banco da frente, mas os dois fomos acomodados, ó glória, no derradeiro assento. Tive ocasião de exercitar minha lábia aliada a meu conhecimento da obra de Gregório e de Camões, que nem era tamanho, só intuía que um destes era caolho e o outro desbocado. Qual era qual não lembro. Mas tinha a certeza doce de estar agradando isto até a entrada de meu rival, no próximo parágrafo.

Voltamos pro porto — foi onde entrou o argentino, cumprimentando a todos, forçando simpatia e instalando-se no antipático posto de tio engraçado do grupo. Mazelas de excursão. A embarcação subiu o rio Negro pelos prometidos noventa quilômetros.

Eu e o argentino colamos na pesquisadora; seus óculos à la Janis Joplin, discreta tatuagem nas costas que a blusa deixava entrever, deixou também, a descuido, entrever o bico escuro de um seio, perfumado cravo-da-índia. Falava com naturalidade, sem deixar a menor impressão de que se poderia dar a um casual desfrute, o que era a esperança velada de nós dois — menina cabeça.

O argentino era bom de conversa, o que fez com que a jovem lhe devotasse atenção e eu, raiva. Andava com um caderno esgarçado anotando tudo quanto via e ouvia. A pesquisadora cozinhava nossa esperança em fogo brando. Naquela Manaus aquosa eu começava a viajar na beleza índia, no toque, no seu tempero.

Navegados os quilômetros chegamos no hotel, construção de madeira que flutuava sobre toras. Os hóspedes, um senhor de cavanhaque grisalho e olhos azuis semelhante a um cantor country, e dois jovens de camisas floridas com câmeras penduradas feito ridículos colares, tão menos graciosos que os da pesquisadora. Falavam inglês. Fomos recebidos por um índio poliglota, especialista em sobrevivência na selva, tinha dado aula *até pra militares* — gabava-se —, pra meu desgosto. Abandonada a caserna, agora mexia com turismo, quanta decadência. Contou das gravações de um filme trash ianque, cuja protagonista era uma sucuri inteligente que contracenava com a atriz principal, loura de fartos seios. O argentino, caderno e lápis à mão, anotava tudo no diário de suas viagens; gostei disso.

Apresentaram-se os outros trabalhadores, a cozinheira, a equipe do hotel, uma população ribeirinha tímida, indígenas de quarta geração civilizada. O guia acompanhou os que falavam inglês numa saída de barco e ficamos nosotros latinos no hotel com um índio diferente, bonita cor de alambique, cabelos cortados sob cuia. Era um estudante de medicina indígena, aspirante a pajé, imaginei que o dono do empreendimento tivesse a ilusão de destinar o melhor guia aos anglo-saxões, mas o nosso índio era indubitavelmente melhor. Sorumbático, olhava-nos calado, modos pouco apropriados a guias turísticos, estes esbanjadores de serotonina. Percebi que era depositário de um conhecimento milenar, o que muito me desenhava no horizonte da esperança um caminho de cura da insônia. Antes que o grupo saísse em expedição perguntei se eram dos Estados Unidos. O grisalho negou, contundente:

"Inglês?"

"Sou da África. Eles dois são americanos."

Sul-africanos, como americanos do norte, arrogam-se donos de seu continente. O ódio daquele blue-eyed man logo se voltou ao presidente de seu próprio país, um negro polígamo que havia sido eleito legitimamente. A herança do apartheid falou alto ali.

"Um homem de Estado não pode viver em poligamia. É selvagem."

Contaram-me que ele era um executivo de rede hoteleira, ali observando a experiência de exploração do ecoturismo. Esfriado o choque deste primeiro contato, o africâner falou que pretendia seguir para Recife, atrás de sexo com as chicas brasileiras, o que aumentou bastante minha antipatia por ele. Dizem os sábios que os que vemos nos outros, numa projeção especular, são na realidade os nossos defeitos. Aquele homem via na poligamia do presidente aborígene a sua própria depravação. E eu via, na depravação dele, a minha. Intuí obter politicamente o apoio do argentino, fosse por simpatia a causas esquerdistas quais as minhas, fosse pela irmandade latino-americana. De toda sorte, nossa virtual articulação de nada serviu, posto que não se tratava de uma reunião de partido ou sindicato.

Pelo desgosto que o argentino demonstrou à fala do sul-africano, percebi ser um dos nossos. Arrisquei no portunhol:

"Eres militante de las esquerdas?"

"No hay más isquierda. Soy um libre piensador."

Mais um sem pátria, exilado politicamente correto, outro escravo no Egito, sob o jugo de Faraó. Nem direita nem esquerda, tudo um centro insosso, mundo pasteurizado onde nada fermenta nem cresce, bolos solados. Imaginando que a pesquisadora fosse da nossa hoste, aproveitei pra difamar o sul-africano, desfiei um rosário de conclusões tiradas dos poucos minutos de conversa: heteronormativo, opressor, machista, fascista, não passarão etc. Não ficou horrorizada como eu esperava, era hábil em se desvencilhar daqueles tipos. Quando o grupo retornou, entabulou conversa num inglês primário com o sujeito, que se encantou por ela tanto quanto nós. Desisti do apartheid que pretendia impor na selva quando, à cerveja meio quente que o hotel propiciava, o africâner desentocou uma garrafa de cachaça que trazia escondida. Ficamos todos amigos, africanos de sul, centro e norte, de África e Brasil, argentinos e brasileiros e demais latinos, aborígenes ou não, todos nos odiando em comunhão e fingindo nos divertir. E a pesquisadora voltou a Manaus na última lancha sem que nenhum de nós lhe tocasse mais que o perfume de cravo com pitanga.

Vimos um anoitecer poético naquela curva de rio, naquele meio do nada. Um sapo, avô do muiraquitã, margem outra começou a marcação de um ritmo, no que foi respondido por outro bicho do lado de cá, e assim foi noite toda. Pensei que dormiria gostoso e, antes das nove, deitei, fatigado e feliz, abraçado na aura da pesquisadora.

Três da manhã, sem chance, chute a gol. Acordei e não dormi mais, as pernas.

O processo de insônia inicia com um acordar gradual, lento e descompromissado, vai-se deixando o rio do sono sem perceber que se chega a terra firme. Quando é dada conta, da vigília vai-se ao desperto, e deste ao pânico de não dormir. Aí a mente domina.

"Pai, tem um bicho aqui na minha cama."

"E o que ele está a fazer, ó filho?"

"Ele fica aqui, pensando."

"Ó, mulher, vê cá que graça este puto."

Sempre que um pai bebe usa bater na mãe, é o que ouço dos relatos dos sociólogos de esquerda meus amigos, cujos pais bebem uísque e não batem. Aprendi a beber com o meu que, em vez de violento, tendia a um romantismo sentimental; embriagado cantava loas pra mãe. Era um homem amoroso, acompanhava os amigos doentes até o último minuto, gostava de ajudar. De alguma maneira peguei isso dele. De meu pai também aprendi, não herdei, que isso não é congênito, a habilidade pra falar sobre assuntos que desconheço por completo.

Só com as parcas noções de Direito que aprendi na faculdade, por exemplo, vim descobrir que não existem "usos & frutos".

Já proferi longas palestras sobre temas que, se li, foi superficialmente, isso quando li, e sempre sob aplauso, segurança é tudo. Meu pai me deu segurança e se, mais tarde, dei-me conta de que sob meus trapézios não tinha rede, não importa — eu não caí. Soubesse a verdade capaz que o medo me derrubasse. Ainda lembro, eu perguntando quem era o senhor de barbas brancas daquela estátua e ele:

"Meu filho, este cá é Álvares d'Azevedo."

Só muitos anos depois, mergulhado nos livros, fui saber que Álvares de Azevedo morreu aos vinte e um anos.

Por aqueles tempos tinham morrido Zé Rodrix e David Carradine. O cantor foi o primeiro, naquela madrugada em meio à selva, a invadir minha insônia, montado numa canção que a FM-Inconsciente, na voz de Elis, começou a executar do nada:

Eu quero uma casa no campo
onde eu possa compor muitos rocks rurais...

A floresta submersa, as copas das árvores rasgando a água, sapucaias, castanheiras, jacarandás. O caboclo-velho me ensinou destas madeiras quando fizemos a casa no sítio, com velhos dormentes de ferrovia. Derrubavam indiscriminadamente, faziam os dormentes ali mesmo onde a estrada de ferro ia passar. Madeiras nobres, os dormentes duravam décadas até serem descartados. Na caminhonete eu levava pra casa o que achasse na rua, era este o meu carro agora, depois de anos com o sedan preto de gerente de banco. Uma caminhonete sem luxos, espartana, mas com ar-condicionado, direção hidráulica e bancos em couro, que Esparta tem limite geográfico. De toda forma era um carro-atitude, eu o comprara depois que perdemos nosso filho, decidi que não haveria um banco atrás pra mais ninguém, e mesmo ela, depois, ejetei do banco ao lado.

O caboclo-velho, falando de vacas, explicou que de noite, feito elas, a gente rumina o engolido durante o dia. Naquele momento manifestava-se minha natureza bovina, regurgitava o pasto do dia na selva, as madeiras que o índio havia mostrado e que, lembrei, compunham a construção de minha casa de campo, link direto à canção de Rodrix.

Ele era membro da ordem, entrou depois da morte de Elis, desencantou-se do show bizz e mergulhou nos estudos de esoterismo. Conheci-o num templo, me aproximei e falei da admiração por seu trabalho, referência da minha geração. Mostrou-se satisfeito pela reciprocidade, mas, ambos sabíamos, aquilo ficava num passado que ali não tinha vez. Duro foi, de Zé Rodrix e da casa no campo, passar a FM-Inconsciente a noticiar David Carradine, o que revolvia questões mais remotas. Na infância, anos setenta, era religião às quartas ficar acordado até mais tarde para ver kung fu no velho aparelho em preto e branco à válvula. O pai ficava assistindo comigo, lutávamos igual depois. Era a história de um órfão de mãe chinesa e genitor ianque abandonado num monastério tibetano, onde foi criado pelos monges na pauta da sabedoria e das artes marciais. Bom de briga, só batia em última circunstância, mas batia doído. A natureza reclusa do monge Kwai Chang Caine, seu olhar triste e perdido, a capacidade de não se deixar atingir, construíram na minha psique de menino um arquétipo. Kung Fu era meu refúgio literário da infância, me fazia perito em artes marciais, capaz de esmagar adversários, humilhá-los com os golpes que ensaiava trancado no quarto. Carradine, o ator que protagonizou meu herói da infância, foi encontrado morto dentro de um armário. Dizem que se enforcou durante um ritual solitário de masturbação com autoasfixiamento, como fosse isso jeito de morrer um herói. Pois morriam assim os meus: um, meu irmão Rodrix, depois de acumular sabedoria e tristeza. Outro, chegando à maestria da sublimação do desejo, me morria ali daquele jeito infame, um Onan triste. A Justiça é o arcano da severidade, vem cobrar nossos erros. Não há quem durma desse jeito.

Saí da cama para olhar o rio de noite. O sapo da outra margem coaxava alto, berro metálico de araponga anfíbia. Outro, na margem de cá, respondia. Bichos gritavam. No rio, um motor longínquo soava pra chegar nunca. Elis veio rediviva cantar para mim, FM-Inconsciente sintonizando a voz da filha da cantora:

A barca segue seu rumo lenta
Como quem já não quer mais chegar
Como quem se acostumou no canto das águas...
Me leva que quero ver meu pai...

Queria ter feito aquela música para meu pai. Sentei no banco da varanda flutuante a contemplar lua. Os hóspedes ressonavam dentro, não era ruim se a pesquisadora, acometida da mesma insônia, voltasse de Manaus e ali me viesse fazer companhia. Ou se meu pai aparecesse, fenômeno mediúnico, trazendo um pouco de horizonte. Fiquei ali só, sem vontade de acender cigarro e ficar de olhar perdido a contemplar o nada, sem poesia, sem recordações doces. Desta primeira fase, em que a insônia inebria e ilude, passei a um desperto doentio, os olhos queimando, lã de vidro, corpo doendo, as pernas tremendo. A Natureza, que eu pensava fosse me curar, resolvia nada. Passei o resto de noite acordado, cansando do coaxar monótono do sapo. Sono mesmo, só depois que clareou — também, de raiva, não dormi mais.

Junto com o sol surgiu o índio, providenciando o café da manhã. Aos poucos os hóspedes foram levantando. Seguimos de canoa até a entrada de um igapó, onde passamos a navegar numa Veneza arbórea. O espelho d'água refletia o sol naquelas primeiras horas da manhã, as árvores eram prédios enormes, formavam-se vias desimpedidas entre elas, estradas de um prata-asfalto-água ladeadas de monumentos de madeira viva, ornados de flores e borboletas. Perguntei pro guia, aos ouvidos dos demais, que avenida era aquela. Riram, por educação, do meu precário esguicho de serotonina, ejaculação pífia de libertino cansado.

Lembrei da Paulista, minha avenida ladeada por centenárias árvores de concreto. Diz-se que a avenida Paulista é igual ao casamento: começa no (bairro do) Paraíso e termina na (rua da) Consolação; só paulistanos entendem, nem é tão engraçado. Feito um sábio Eremita que com sua lanterna traça caminhos no subsolo, no tédio do metrô, olhando os nomes das estações, passei a, num improviso jazzístico, complementar aquela filosofia: a Paulista e o casamento começam no Paraíso. A primeira estação é Brigadeiro, na esquina da avenida Brigadeiro Luís Antônio. Pode-se pensar nos docinhos que anunciam o fim da festa, ou na patente militar que sugere o clima beligerante, o começo das brigas. Saltar ali não é boa opção mas, por vezes, uma necessidade. Nova estação, Trianon-Masp: à direita o museu, o mundo cultural, a arte, todo um universo inebriante que convida a descer do trem ou do casamento. Cuidado com a esquerda, pois lá fica o Parque do Trianon, conhecido ponto de depravação. Para o caso de resolver descer nessa estação há que ter bom discernimento, manter-se preso aos mais elevados anseios da alma, a arte e a cultura, não se perder na mata. O bravo que superar a tentação de descer aqui segue para a Consolação, nome autoexplicativo. Engana-se, todavia, quem pensa que ali termina a jornada paulistana-matrimonial. Da Consolação segue-se a Clínicas, o hospital, prenúncio da morte, e morte é mudar de mundo. A analogia com o metrô de São Paulo faz concluir: uma mudança de linha da vida à morte é como ir da linha verde à vermelha. Assim, aquele que chegou à Consolação e envelheceu abrigado, chega a Clínicas, faz a passagem e muda de linha: quebra à esquerda, na avenida Doutor Arnaldo, cai no Cemitério do Pacaembu, constatando que morte não é fim, mas mudança. Dali, prosseguindo a pé, chega a outro mundo, outra linha: estação Palmeiras/Barra Funda, portal do Hades para nós corintianos. Há ali um foro onde é julgado o homem. Se, pesadas suas culpas, for condenado, fica num dos sete círculos. Se considerado bom, é ascensionado aos céus de Corinthians-Itaquera, ápice da linha.

Na minha jornada pela urbe selvagem eu desci bem na estação Trianon-Masp. Ali, parado, a vida afetiva se esboroando, eu considerava possibilidades de a) subir ao museu com ela, nos suportarmos juntos num mundo civilizado e aos influxos da alta cultura; ou b) atravessar solitário e ir pro parque, pra selva inóspita, pra barbárie, exposto às feras do amor pagão. Marquei letra B, como se haverá de ver, fui sentenciado com a descensão aos infernos, bebi da água do rio Lete, perdi a memória, as referências, tudo.

A vitória-régia era um prato de bolo de um verde celestial, boiava soberana no espelho d'água de um charco. Nenúfar de cores tropicais, fez lembrar o jardim da casa de Monet, onde tantas vezes estive.

Gostava de saber da vida dos pintores. Bisbilhotei Velásquez e Picasso, também Rembrandt, herdeiro de Caravaggio, que fazia a luz brotar das trevas. O rebuliço de Van Gogh, vulcão silencioso de melancolia, o aventureiro Gauguin, o perfeccionismo tranquilo de Cézanne. Fui eu quem soprou aos ouvidos de um confrade publicitário a ideia de vincular correntistas de banco aos gênios da pintura. Van Gogh, que morreu na miséria, não poderia imaginar seus quadros leiloados a cifras surreais, nenhuma arte atiçou as lombrigas capitalistas feito a pintura. Assim, com base neste sonho burguês de comprar até o imponderável, intuí que vincular saldo bancário ao nome dos grandes mestres era uma boa isca. No banco onde trabalhava criei o programa *Monet Monetário — o sonho da casa própria a seu alcance*, um dos trocadilhos mais sensacionais que a propaganda podia furtar à literatura. Meu confrade fez sucesso com a campanha, o emergente realizando o sonho de se apropriar do quanto brilhava aos olhos da canalha: cliente Portinari, saldo pra mais de milhão, conta Rembrandt, coisa pra empresa de médio a grande porte, e assim por diante, ideia melhor que galicismos ou anglicismos, cliente *très charmant*, empresa *first class*. Nome de pintor alçava o afortunado a uma posição de supremacia. Ajudei a urdir esta bandidagem, alimentar aspirações dos novos-ricos fazendo-os retroalimentar o sistema de corrosão moral através da fortificação das grandes corporações financeiras. Grande feito para um socialista em crise de consciência. Eis aqui mais um dos meus pecados, *mea culpa*, mais um dos que contribuíram, *mea maxima culpa*, à formação do carma cuja consequência foi minhas pernas passarem a chutar.

Estava com ela quando tomei noção de pintura, na bienal de São Paulo. Chamou minha atenção a explanação do guia a um grupo de estudantes, a história de um quadro: Francis Bacon o estava iniciando quando um ladrão, andando sobre o telhado do atelier, que ruiu, caiu sobre pintor e cavalete. Empolgado o guia explanava que aquele *contato físico brutal* despertou um clima erótico e passaram a fazer amor, pintor e ladrão, ali mesmo, no atelier, incidente que influenciou a conclusão da obra, até quando o ladrão tornou-se amante do artista. Eu olhava aquele retrato desconstruído, quebra-cabeça de fragmentos de rosto. Contam que o pai de Francis Bacon expulsou-o de casa quando o viu posando frente ao espelho com vestido da própria mãe e fumando de piteira. Em Londres, desamparado, ele foi se virar com um emprego numa loja de roupas femininas. O velho, que acompanhava o filho de longe, pediu a um amigo militar que o ajudasse a *curar* o filho, aproximando-se e apresentando mulheres. Pois o amigo se aproximou, só não se contava era que tivesse peculiar atração por meninos e, antes de curar o jovem pintor, tomou-o como amante. Tais coisas mais que reforçam a repulsa que nutro por este ser, o humano. Por conta delas é que me conformo ao destino me haver negado acompanhar o crescimento de meu filho.

Andei na exposição, parei frente a um Van Gogh, um céu avermelhado e os trigais levados pelo vento em pinceladas numa direção. As nuvens do céu contradançavam, na direção oposta. Ao olhar o rodamoinho na tela fui sem perceber penetrando aquela paisagem até o ponto de fuga, rural deserto de mim. Aquilo fez brotar uma melancolia tão doída, um sentir da alma do pintor, uma apropriação da tristeza, e compreendi pela primeira vez o código de cores-luz-sombra, inteligência liberta da palavra e do som.

Cheguei a estudar com um velho pintor, o mestre, sábio de muitas luzes. O que aprendi na composição de uma tela a óleo se aplica à literatura:

inicia-se com leve esboço, traçado a carvão para não mostrar resquícios na obra pronta. Nas cores, se começa pelos escuros, gradativamente partindo aos claros. Azuis são profundidade, amarelos e vermelhos aproximam. Os toques finais são pinceladas de branco que fazem a vida pular da tela, como frases de efeito e sentimentalidades dão vida a textos crus. Queria ser como Renoir, pra quem pintar era uma questão de sobrevivência. A mim, me cansava.

Na casa de Monet há um lago de nenúfares que o pintor levou os derradeiros anos a reproduzir. Ele exauria um tema, pintava diversas vezes o mesmo objeto sob as incidências de luz ao longo do dia. Suas últimas obras foram homenagens às cores de seu lago, neblinas lilás, nebulosas azuis e verdes, nenúfares boiando no éter, painéis feitos quando o pintor se esvaía, quase cego. Eu não tenho casa, fujo pra Amazônia, fujo de mim. Ali, contemplando a vitória-régia, reeditava meu entendimento dos nenúfares, e lamentava a solidão da minha casa. A roda da fortuna girou e eu, que estivera tão em cima, me via no mais baixo por baixo que havia. A casa caiu.

Saímos do charco onde reinava Vitória, retomando o curso do igapó. Chegamos ao rio Negro, onde navegou-se coisa de hora, eu e o argentino cada um se aventurando com desastre no idioma do outro.

"Que pensa el señor de los estados hispânicos de América do Sul não se tenerem tornado um único país, feito Brassil?"

"Yo me lo pregunto también. Es de las épocas de la independencia de estas naciones."

E começou a explicar de Bolívar e San Martin, no lamentável portunhol que ali desfiávamos. Quis saber como o Brasil conseguiu manter a unidade federativa.

"La historia de la independência de Brassil es intimamente ligada a la maçonaria."

Blefei, desatento à iniciação dos libertadores da América.

"*Maçonaria* es lo mismo que massoneria? Pero Bolívar y San Martin eran massones."

Dei conta da escorregada e consertei:

"Si, si, massoneria, jo lo disse."

Fazendo de conta ter ouvido mal, pois muito educado, quase suscitando uma confissão o argentino demandou:

"Usted hace parte de la massoneria? Yo creo que hay um gobierno oculto en el mundo, en el que se toman decisiones del destino de la humanidad. Es verdad que la massoneria es este gobierno?"

A ignorância fomenta a lenda. Daí o desapontamento que os neófitos enfrentam ao se depararem com um clube social onde se falam amenidades partindo depois a orgias gastronômicas. Dentro do que me era permitido expliquei que não, que este governo oculto de fato existia, também eu o pensava, mas noutro nível, um plano suprafísico, onde encarnados dividiam a mesa de reuniões com grandes avatares. Aprendi a crer à base de palmatória e joelho no milho, não sou dos bem-aventurados que creram sem ver.

Na praça central da cidade mineira de São Tomé das Letras acontecia uma feira: incensos, bijuterias, ponchos peruanos de lã de alpaca, essas coisas. Um hippie sentado sobre um pano roxo vendia cópias autenticadas da certidão de óbito de Raul Seixas. Mais adiante um sujeito de modos discretos vendia mandalas, pequenas estruturas de arame dourado com miçangas coloridas. Manipuladas como caleidoscópio assumiam formas diversas, flores, chapéus, saturnos, uma sucessão de vinte e duas possibilidades — contei-as — que descreviam, segundo o vendedor, a jornada arquetípica do homem. Não fez qualquer movimento no sentido de vender uma de suas mandalas — irritam-me vendedores que ofertam simpatia na intenção de empurrar produtos desnecessários; fomentadores de mais-valia. Parecia satisfeito só por se fazer ouvir. Conversamos sobre temas ocultos, falei de sociedades secretas, meu contato com a CAGAVC. Conversa avançada, revelou participar de uma confraria que reunia ali, em São Tomé, tal dia do mês, numa cachoeira, à meia-noite. Convidou-me a participar da próxima reunião, que seria, por sinal, dali a dois dias. Concordei, interessadíssimo.

"Que bom que você vai. Até esse momento eu era o único membro encarnado."

Não fui. Não sei até hoje se dancei nas palavras de um louco ou se perdi uma oportunidade ímpar.

Longe um tapete rosa contrastava a prata do espelho d'água. À medida que aproximava distingui pequeninos repolhos, bolinhas de pétalas sobrepostas que boiavam caídas da copa de um jacarandá. O argentino teve um surto poético e começou a falar em línguas. A Amazônia exalava perfume das mulheres dos shopping centers. Não por acaso uma indústria de cosméticos subtraía da selva aquelas essências, tinha até patenteado. Despertava uma pulsão sexual suave, crescente, vivificante. Sentia-me capaz, naquele surto de Força, de segurar pelas mandíbulas um leão.

Nem me recuperava do espetáculo do tapete rosa e surgiu, do meio de folhagens, uma canoa com dois indiozinhos nus; não aparentavam mais de cinco anos. Deixaram-se fotografar e, logo adiante, um deles fisgou um peixe com arpão. Sorriu pra mim. Meu filho. Sumiram no meio da mata inundada do jeito que apareceram. Assim, entre epifanias revigorantes, fomos navegando igapó adentro, fechando-se os caminhos numa vegetação espessa até que o barco alcançou terra firme. Descemos e começamos a caminhar na mata.

Aquela delicadeza toda contrastava com minha filosofia, o Escrotismo. Não gosto do termo, é vulgar, mas não obtive melhor. Apreendi de observar o pai com seus carinhos. Foi minha irmã quem conceituou a gíria recém-adotada, metonímia sobre a bolsa testicular, coisa verdadeiramente escrota — outro termo não há, peço desculpas. Escrotismo é atributo de pai. Falo qualquer um tem, a bolsa das sementes, só os plantadores, e assim chamou-se Escrotismo a corrente filosófica por mim fundada.

"Hoje ligou uma piranha pra você" — o pai.

"Quem?" — eu.

"Fulana."

"Pô, pai, fulana é minha namorada."

"Foda-se."

"Nossa, pai, como tu é escroto" — essa era a irmã intervindo.

O escrotismo era o movimento de resposta a este mundo onde o indivíduo sensível se isola ou busca ser tão grotesco quanto o mundo que o cerca. Ninguém afronta os postulados da sociedade contemporânea, *depois da queda do muro de Berlim, lei da oferta e da procura, liberdade de escolha*, mas não precisa afrontar, caem sozinhos feito um pênis assolado pela blenorragia, e eis aqui uma outra imagem deveras escrotista.

A irmã descia as escadas esvoaçante. O perfume a antecedia, vestido preto curto, pronta a encontrar namorado.

"Pai, estou bonita?"

Pensou um pouco:

"Pareces uma puta."

Falava rindo, no xingamento um carinho travestido. O rosto dela iluminou, parou à frente do velho, beliscou simultaneamente as bochechas e, entre três beijos, um em cada face e o terceiro à testa, recitou:

"Velhinho. Escrotinho. Bonitinho."

Saiu distribuindo graça. Aquilo dito à própria filha em extremos de ternura comovia. De minha parte, não conseguia ser gracioso como a irmã. Carregava o peso da primogenitura, sentia-me estranho entre os pares. Não por teimosia, querer firmar posição, mas por não conseguir sobreviver no mundo que se propunha, passei a sustentar minha filosofia, ser mais escroto que o entorno. Tinha a exata noção de que minha opinião pouco importava, e que melhor seria ficar calado, mas queria gritar. Alguns amigos acolheram a ideia, passamos a divulgar na ARLS Poetas Mortos o movimento universal do Escrotismo, tendência neopunk. Lembrava isso enquanto falava de sociedades secretas com o argentino, a forma pela qual me vi forçado a sair da Ordem.

Os neófitos esperam encontrar luz no templo, mas deparam-se com um cenário estranho, conservadores radicais, vaidosos de todo tipo, afortunados de ocasião, bajuladores, comilões, enfim, a mesma sorte de pessoa de todo círculo sociopolítico.

Por aqueles tempos eu remoía a separação. *Nos deixamos sem nos querermos deixar.* Em meio a um acesso saudosista fui ter com ela. Relatou um atual romance, coisa mais light, palavras suas. Odeio lights e diets, gosto de mocotó, placenta, proteína, conteúdo. Estava partindo pra Nova York com seu namorado dietético, escolheu a viagem deliberadamente na intenção de fornicar-me o juízo, era um lugar aonde eu nunca a quis levar. Não assimilei o golpe, caí feito Maguila, a bomba de Holyfield derrubando um baobá centenário, a perna chutando involuntária. Pendurado num cadafalso, feito um Enforcado, pela perna que, quanto mais chutava, mais me fazia sufocado.

O velho fumava sentado, contemplava os transeuntes da varanda. Tinha construído, com seus martelos e plainas de carpinteiro cutruco, uma estrutura de madeira e telhas sustentada por finas vigas, incompatíveis ao peso, a garagem de seu carro novo. Graças à política de facilitação de compra de carros populares, que ajudei a empreender financiando veículos ao preço de três vezes seu valor, o banco abocanhou a importante fatia do mercado desses pequenos mutuários. Essa coisa de atribuir status de classe média aos pobres foi genial, perdoe-se minha imodéstia. O pai adquiriu um zero quilômetro popular, pagaria mais prestações que seus prováveis meses de vida, um terço da minguada aposentadoria. Enquanto lavava o chão, a mãe advertia:

"O pé da viga está podre, essa garagem vai cair."

Ele tragava, parava, pensava:

"Que se foda."

Três dias depois ruiu sobre o carro novo. A palavra tem poder.

Cabia a mim eventualmente, nas reuniões da ARLS Poetas Mortos, a apresentação de um trabalho. No meu último dia elaborei um que se propunha à pesquisa da neurolinguística. Pedi a palavra:

> Venerável Mestre, Irmãos Vigilantes, meus Irmãos todos. Trago-vos hoje um opúsculo sobre o poder que exerce a palavra falada em nossa vida.
>
> As operações de magia necessitam, via de regra, de suportes no mundo material. Para se atingir determinada pessoa, ensina Éliphas Lévi, é de substancial ajuda se possuir um pouco de seu sangue, saliva, secreção de órgão genital ou mesmo um pano embebido em suor, já que os seres do mundo astral não têm contato com o plano físico a não ser por empréstimo de fluidos de um médium.
>
> A magia, embora opere nos planos astral e espiritual, vale-se dos sentidos físicos. O tato, através dos talismãs, pantáculos, objetos sagrados. A visão pode ser acionada por símbolos, como nos rituais de Vodum, ou retratos, ou mesmo a visualização criativa, no plano mental. O olfato e, por consequência, o paladar, não são menos acionados, seja pelo perfume dos incensos, pelas defumações e fumigações, ou nos banquetes rituais e sabás. Quero deter-me

hoje, todavia, meus irmãos, na análise do sentido da audição, ligado diretamente, em magia, ao proferir das chamadas palavras mágicas, ou mantras. Há determinados dizeres que operam, num plano superior, mudanças que se vêm a materializar neste denso físico plano. O balbuciar do *Abre-te Sésamo* fazia mover às portas da caverna onde se achava o tesouro de Ali Babá aquela pedra que nem sequer se abalava aos maiores esforços braçais. Outro exemplo extraído da literatura infantil, o famoso *Abracadabra*, palavra-chave dos contos de fadas.

O denominado Poder da Palavra tem sido objeto de estudos frequentes, saindo do campo das ciências ocultas para ganhar foro de respeitabilidade na ciência profana convencional, sob o elegante nome de neurolinguística. Dizem que Hitler empregava o uso das afirmações positivas na época da expansão nazista. Nos dias de hoje há técnicos de futebol que aplicam a neurolinguística ao esporte, conseguindo resultados miraculosos, fazendo equipes nada além de medianas conquistarem importantes campeonatos. Mas não é apenas a turma do mal que se vale da magia da Palavra. Tem o mantra primordial *Eu sou*. Proferir *Eu sou a Cura*, por exemplo, traz melhoras de saúde inexplicáveis do ponto de vista científico.

Repetir *Eu sou a ressurreição e a vida*, como fez o Mestre Jesus, traz consequências de renovação pessoal incalculáveis.

Hoje, particularmente, quero falar de um caso concreto. Trata-se de um artista que alcançou o sucesso a partir de um conjunto de pagode e que chegou a alçar voos maiores na carreira solo, como cantar na Casa Branca para George Bush Filho, este grande líder mundial. Fez memoráveis composições no campo da harmonia, e para letras não dispensava menor talento. Revelou-se ainda cantor de voz maviosa, sensibilidade como intérprete e dicção impecável. Pois, sem embargo, eu, um ignorante absoluto, não sabia explicar por que continuava a achar tamanho artista um tipo medíocre, brega, presunçoso, desprovido de qualidade.

Consternado descobri, esta semana, meus irmãos: o magno cantor proferiu a meus ouvidos incultos um mantra do seguinte teor, abertura do seu grande sucesso popular: "estou fazendo amor com outra pessoa".

Creiam-me, o proferir desta oração tem o dom de desencadear uma onda de ciúme, ódio visceral, cornalgia e sentimentos pouco nobres a quem quer que a ouça. Sempre que ouvia "estou fazendo amor com outra pessoa", de imediato me vinha à mente aquele turbilhão de sentimentos negativos, inconfessáveis desejos de violência. O mantra é poderosíssimo, tanto que disso tive claro e doloroso exemplo estes dias: nutria eu grande apreço por determinada senhora, chegando ao ponto de lhe ter feito poemas, uma família, quase um filho. Depois da inexplicável separação fui-lhe ao encontro, tão somente para ter o afago de sua voz, sentir sua presença pouquinho que fosse. A determinado momento, desavisada, esta senhora proferiu o malsinado mantra: "estou fazendo amor com outra pessoa". Foi o quanto bastou para ruir todo um castelo de amor e consideração, e, imediatamente, sem poder controlar minha vontade, passei a considerá-la, como fazia ao cantor, uma sujeitinha medíocre, brega, presunçosa, além de desprovida de qualquer qualidade.

Meus queridos irmãos, nesta senda de investigação da verdade, vos rogo que somente façais uso da magia da palavra para o Bem, que é como apraz ao Grande Arquiteto do Universo.

Lido, Venerável Mestre.

Terminada a leitura muitos riram de minha cretinice. O Venerável, todavia, e o Conselho de Antigos torceram o nariz. Por ocasião dos comentários ao trabalho fui execrado, fosse cortar os pulsos noutro canto. O processo de expulsão foi sugerido pelos mais velhos e uma caveira tenebrosa passou a foice da Morte no meu jardim da vida, ceifando as flores. Depois de faltar a seguidas reuniões, sem clima de dar as caras por lá, pedi pra sair.

Depois de firmar o barco na margem vivenciei a agonia dos que foram lançados no labirinto de Creta. Sozinho, após iniciar a caminhada na mata e eu ter esquecido em dois passos por onde havia entrado, nunca mais saía, presa fácil de minotauro ou qualquer fera amazônica. Perseu iniciou a explanação para turistas entremeada pelas velhas brincadeiras. Serotonina de guia turístico. Sem graça. Primeiro mostrou um cipó lenhoso, do qual cortou um pedaço. Levantou o rolete fazendo escorrer água pra boca, explicando que era um reservatório natural, fundamental para sobrevivência na selva. Dali a metros um cipó idêntico, que também chanfrou de facão. Mostrou, na face do corte, uma perfeita cruz de malta:

"Pau-santo. O viagra da Amazônia."

Fiz uma estúpida tradução, a considerar a ignorância do sul-africano:

"This is holy-wood."

Comentários e brincadeiras maliciosos pertinentes à situação. Sem graça. Por cautela, guardei pedaços do cipó afrodisíaco. Adiante, um terceiro. O índio fez uma incisão, da qual brotou látex, e colheu uma gota na ponta de um espinho. Em mais uma brincadeira de péssimo gosto, ameaçou espetar os membros do grupo. Curare. Lembrei o velho samba, falava do amor por uma cabocla cujos encantos tinham veneno. Vontade de me entregar à pequena morte do amor; lembrei-me da pesquisadora. A mata era um acumular de *acqua vitae*. Bateu algum desespero pensar no tumor que comia as beiradas da floresta avançando até ali, substituir aquilo por bois, soja e, consequência inevitável, duplas sertanejas.

Os primeiros episódios de depressão consistiam num brotamento de óleo na face, testa brilhosa de queijo curado, os olhos ardendo de salgado escorrido. Era também um choro desatado por cenas de novela, por músicas antigas, sensibilidade besta e desperdício de água, peneira vazando incontida. Quando o doutor receitou os antidepressivos, nos primeiros dias vinha aquela sensação de boca seca, olhos repuxando, prisão de ventre. O remédio tinha efeito higroscópico, retinha água no corpo. Depois, começava a morder os dentes e dilatar as narinas, e o ser se concentrava no meio das sobrancelhas, eu via o mundo de um ponto privilegiado dentro do Delta. A depressão era um chuveiro aberto no tempo, torneira com dente escovando, barbear com água indo pro ralo. Um esvair de seiva.

Serotonina e dopamina brotam na presença de água, só é possível a vida na presença de água, bem o sabem os cientistas. Retidos os fluidos, a felicidade surge artificialmente, a testa mina água leve, sensação de leite de rosas. Não consegui foi viver sem álcool, e a mistura equivale a lapsos de memória e espasmos de eletrocução, foi assim que as pernas começaram a chutar. Naquele momento de mata molhada eu, homem-charque, presunto parma imerso no sal, meu olho-d'água quase seco, tentava que o efeito estufa não me botasse a perder a última reserva. Os antidepressivos trancavam águas numa cisterna do cérebro, usando o necessário à manutenção de uma felicidade linear. A plena Temperança, capacidade de administrar um tanque de combustível ao longo da estrada da vida.

O cheiro rosado da flor do jacarandá, cheiro das mulheres que entravam no meu gabinete pasteurizadas pela moda, cheiro de delicadeza urbana, como se o maior avanço civilizatório fosse voltar à vida natural. Eu não exalava, era planta seca, feno de capim-elefante, folha seca, conservava uma só memória de cheiros. As vacas mascavam sua ruminação eterna do seco, moinho do mundo a triturar o seco, eu junto.

Depois dos cipós, plantas medicinais, pássaros, frutas, orquídeas. Cutucando com graveto uma toca no chão o índio fez surgir uma caranguejeira de meio quilo. Falou que se alimentava de pássaros e roedores. Inversão de valores, inseto comendo vertebrados, trabalhador governando empresários. Aranha ensinada, saiu da toca, parou para foto e voltou a um comando do índio, senhor das peçonhas. Ele chamou a atenção ao fato de não termos topado cobra no caminho. Mostrou um amuleto de pajé, que afastava cobra e dava poder sobre aranhas. Falou ainda que, caso se perdesse, por telepatia outros pajés lhe indicavam a saída. Frente a tamanho conhecimento, sem considerar que o índio blefava pra turistas, perguntei sobre a cura de minha síndrome; não via santo sem rezar. Recomendou uma curandeira cujo método consistia em retirar insetos do corpo do paciente à custa de rezas e fumigações. Segundo o guia, faziam-se filas na porta da mulher, gente de todo o mundo. Anotei o endereço, sinceramente disposto a ir à tal bruxa a qualquer tempo e sacar da aura escorpiões.

De volta ao hotel, um casal de jovens suecos em lua de mel. Meu filho seria parecido com o rapaz. Tatuagens tribais, pulseiras, quanto um civilizado sadio tende a se tornar um bom selvagem. Rousseau. Chupavam beiços o tempo todo, grudados pelo instinto. O calor convidava, fiquei no deque, corpo imerso e os braços em cruz servindo de travesseiro ao queixo, pernas a balançar sob as toras que suportavam a construção. Pular no rio Negro é perturbador, aquelas águas cor de café forte escondem sei lá que monstros. A brincadeira sobre um ninho de sucuri nas toras me estragou o prazer, mas não passei recibo, fiquei imerso com dignidade, lutando com o temor de ser triturado nos anéis de um réptil gigante. Moradora daquele sítio, ouvindo línguas dia e noite, a cobra teria adquirido uma inteligência cosmopolita, promovida de mera sucuri a píton ou anaconda, bicho sofisticado que devia gostar nada de misantropos de São Paulo.

Depois de quinze minutos de tortura, julgando bem demonstrado que não transparecia pavor, saí da água. Fiquei fumando, com o sul-africano, um cigarro de palha. Noite caiu e uma roda de gente de todo o mundo conversava alegre, gozando o prazer da comunhão entre os povos. Embriagado, eu imaginava ter ali vivido o socialismo ideal, ecossociedade sem fronteiras ou líderes, sem tiranos. Tarde fui vencido por um torpor agradável e deitei crente que, pela primeira vez em tantos meses, dormiria noite de bom sono. Às três da manhã Nelinho, num chute memorável, reprisando 1978, mandou a bola pra fora dos limites do Mineirão. As pernas.

Ouvia os suecos no quarto a esbanjar umidade, rio caudaloso fluindo, pouco importavam de acordar todo o hotel, gatos no telhado. Me lembro d'ela, perguntando se fazia mal gozar muito, tinha ido ao orgasmo oito vezes seguidas — contei-as. Que o rio do sueco fluísse pra sempre, frisson da condição humana que atava as pessoas feito títeres a cordas de instinto, hormônios, fluidos ectoplásmicos, desígnios superiores da Natureza. Jungidas pelas cangas do Diabo iam copular até cravarem-se ovos enxertados nas paredes internas da sueca, gerar filhos, assim levados, marionetes, *ad perpetuam rei unum*. Tive meus tempos dessa doce servidão.

Seria dado a eles o prazer de filhos, tantos quanto a pujança deixasse, enredados nas cadenas de mortalidade levar a vida até o cabo, trabalhar, patrimônio, envelhecer, morrer. Aquele jovem sueco podia ser meu filho. Se nos tempos do meu rio fluindo tivesse um, queria assim. Criaria com amor, ensinaria futebol, lutaria boxe, por volta dos quinze seria mais forte que eu e me venceria, alunos superam os mestres. Seria meu herdeiro, gerente e administrador de meu patrimônio imobiliário, um apartamento não quitado, um sítio sem escritura e uma formidável coleção de castelos de vento. Poeta, cozinheiro, baterista, atleta, seria doce, um homem bom, seria pai, o que não fui. Tentaria ensinar minha profissão de economista venal, iniciá-lo em sociedades secretas. Ele refutaria, senhor de seu espaço, não viveria procurando uma turma, homem absoluto. Tudo isso eu teria se a mesma Natura que ora apresentava os gemidos de amor do casal sueco tivesse sido pródiga comigo. Mas não, tinha secado meu rio, desceu uma cascata pro nada.

Ainda meio visgado no sono Tina Turner começou a cantar, na FM-Inconsciente, "We Don't Need Another Hero". Investigando a razão subliminar da música, cheguei à associação com a anterior noite de insônia, onde revisitava heróis. Veio então visitar minha vigília o Divino, Ademir da Guia, poeta da bola, esteta, filósofo, iniciado e mestre de uma Academia, o Palmeiras verde-integralista de meu pai. Na rebeldia dos filhos que querem a todo custo negar, tornei-me corintiano. Transferi pro Doutor Sócrates o título de sucessor do Divino, tão helênico quanto na sua elegância desengonçada. Não fosse soldado inimigo louvaria o goleiro Marcos, exemplo de dignidade, só que do outro lado da trincheira. Hoje perdi o gosto com futebol, só vejo tristes figuras, cabelos e brincos indecentes, não há mais heróis.

Assim, personagens sucessivos, pensamentos recorrentes, importunações várias me foram tolhendo a possibilidade de descansar em sono saudável; conectado à rede mundial, moto-contínuo, a rede que existe desde sempre não foi inventada, inconsciente coletivo, Adão, homem primacial, alma de todos. A internet é a primeira apropriação concreta da alma coletiva. Desgosto dessa cobrança de royalties, mas arrisco dizer que o sujeito que a inventou é um importante soldado do exército de Jesus Cristo, cujo propósito é nos reunir a todos nós, mortos em Adão. A mais eficaz religião, que liga a todos pela fé da fibra óptica, sem exclusão, todo povo é de Deus. Pode a rede ser visitada sem provedor, sem pagar conta, sem notebook ou tomada. Concentro e penso: *Gilberto Gil*, sem www, e todas as músicas dele, Gil, que conheço, e mesmo as que não conheço, passam a tocar na FM-Inconsciente. A alma de Gil, a cota desta mahatma grande alma que está na rede, um palmo acima do chacra da coroa, é acessada. Relaxar, cruzar as pernas, estabelecer o canal microtúnel por onde o ser sai e invade a rede, dela trazendo o quanto interesse. Esse exercício é bom, depois de meia hora praticando dormi um pouco.

Na última tarde em que o vi de pé queixava-se de incomodação nas pernas. Naquele tempo eu ainda não tinha. Despediu-se, a secura de sempre, impropérios quaisquer ditos por graça.

"Me vais visitar este fim de semana, ó puto?"

"Não vai dar, pai, trabalho."

"Foda-se."

Dali voltou à casa de praia, onde deitou em definitivo. Dias depois internou, mandou me chamar. Fui sabendo ser a última vez. Passei a noite junto, deixei agonizando na mão da irmã. Voltei pra São Paulo sabendo não ver mais. Ela me esperava, copo de água com açúcar sobre a mesa.

"Já sei, o pai."

"Acabou de."

Só pude retornar ao hospital de noite. A freira levou-me depois do átrio e mostrou a edícula isolada no breu.

"Corpo está lá."

Medo dos defuntos, criaturas de boca raivosa

com seus dentes à mostra. Várias mesas de mármore, uma só com corpo, lençol cobrindo. O pai, só falta não ser. Mirei a porta, descobri do lençol. Fosse outro cadáver estava programado meu pulo à porta aberta. Não era. Ele restava calmo, quase nu, bermuda entreaberta, braço direito enterrado na braguilha como quem coça o escroto. O braço enrijeceu em saudação militar, a noventa graus do corpo. Abaixaram e prenderam junto à virilha, abotoando por cima, tirasse da bermuda disparava feito armadilha de passarinho. Escrotice maior não há que a dos tratadores de defunto. O carro da funerária trouxe um negro triste, orelhas de abano e lábios decadentes feito uma estátua da ilha de Páscoa, incumbido de preparar o corpo. Pus cinquenta em seu bolso, cuidasse bem do pai. Cafre totem, feição lapidada pelo cinzel da morte.

À tarde, com o argentino e o guia, fui a uma roça de ribeirinhos. Um fogão de lenha fumegava algum guisado. Fiz longa preleção, sem qualquer fundamento, sobre carnes de caça que só conhecia das churrascarias *prime* de São Paulo. O guia destampou uma panela e convidou a provar.

"Macaco."

Dos tempos de esoterismo mais radical aprendi que não se deve comer carne mas, se inevitável, preferir a dos peixes, que são almas grupais, uma pra todo o cardume. Aves e répteis são mais rudimentares que mamíferos, portanto comê-los é menos grave que a inteligências próximas da nossa. Por tal silogismo, devorar macaco era próximo da antropofagia, coisa de índio sem licenças poéticas. O guia mergulhou a colher de pau e trouxe a cabeça a lume. Beliscou resquícios das bochechas, e eu engulhei. As amazonas da CAGAVC me conduziram a um jejum de ano sem carne. Sentia apertar a garganta, reflexo da falta de proteína, mas tornei-me naquele tempo um sujeito pacífico, incapaz de reações violentas. Passado o ano de provação voltei à carne, mas ficou aquela culpa de matar para comer.

Jamais pensei ter coragem — a gente não se conhece. Não fiz levado por impulso ou forte emoção, foi premeditado e vil, era alguém com quem convivia, a quem chamava por um nome, trocava afetos. Podia objetar da necessidade daquela morte, do motivo maior que há implícito em todo sacrifício, mas não quero, sou culpado. O crime não foi cometido só por mim, aliciei dois companheiros. Até a noite anterior os dois não suspeitavam minha intenção, revelei só na noite chuvosa em que me dirigi ao sítio onde a vítima pousava, imbuído daquele ânimo de deitar sangue à terra. Lembro detalhes, o prazer sentido pelo estouro de sapos sob rodas da caminhonete. Bebíamos no gargalo um conhaque de homens cruéis. Levantamos cedo e, com as armas, fomos na construção retangular onde se encontrava. É necessário encontrar algum prazer no ato de matar, para que se possa levar a cabo: uma raiva despertada pela vítima, a mais leve sede de vingança, um gosto por seu sofrimento.

Entramos na Torre pela porta Leste, a rotina de levar comida e água. Agradecido, recepcionava com rudimentar alegria. Naquele dia a intuição o levou a desconfiar do nosso propósito: demonstrou nervosismo, passou a grunhir na sua língua coisas ininteligíveis. Exilou-se no canto do oriente, resmungando e olhando-nos em pânico.

"Ah, ele quer falar. A palavra."

Aproximamos, adrenalina crescente, cercando-o num canto do oriente, quando um dos companheiros desferiu pesado golpe de maço em sua cabeça. Atordoado, correu pra entrada sul, seu balbuciar mais incompreensível. Nessa hora deu pena, o que, como é sabido, retarda a morte do imolado. Apressei os companheiros:

"Vamos logo, está sofrendo."

Na porta sul o agarramos, cabendo ao segundo companheiro a tarefa de esvair o que pensávamos ser o derradeiro fio de vida. Ele queria falar, seus grunhidos tinham um sentido oculto. Eu era tomado do arrependimento, mas o segundo companheiro, alma tosca mais vulnerável à bestialidade, achou de fazer graça:

"Quer falar, né? Então, a palavra."

Como não fazia mais que grunhir a tristeza de sua derrota, o companheiro cortou-lhe a garganta. Ver o sangue brotar, antes de se traduzir no esvaimento de forças, suscitou na vítima um espasmo de resistência e, mais forte individualmente que cada um de nós, libertou os membros de nosso abraço e fugiu, caindo fraco à porta norte da Torre. Não sei explicar, mas tais situações suscitam uma ereção involuntária — a morte deve ter a ver com sexo. Foi imobilizado afogado em sangue. Seu choro corroía meu resto de humanidade. Dali não tinha volta. Supliquei:

"O que quer dizer? Por Deus, a palavra."

Grunhidos pungentes, mais nada, morria sem revelar. Para acabar mais com meu sofrimento que com o dele desferi uma estocada no coração, arrancando um gemido selado pelo posterior silêncio da morte. *Consumatum est.* Frente ao corpo, os dois companheiros malvados festejavam. Pra não ficar fora da festa que tinha organizado, fingi a mesma alegria brutal. Passada a euforia começamos a dar fim na prova do crime: o corpo de delito. Os dois sugeriram enterrar e plantar uma acácia por cima. Refutei — o corpo das vítimas sacrificiais deve ser consumido. Com maçarico sapecamos o defunto, livrando-o de pelos. Incisão feita desde embaixo do queixo até a região sacral fez brotar da língua ao fato, culminando no terminal das tripas. Estas foram esgotadas do conteúdo de excremento e reservadas. Sacado do corpo, este aparelho digestivo foi levado a cozimento num caldeirão, à moda das bruxas de antigamente. O sangue, retirado em canecas, coagulava de pronto, e botamos pra cozinhar junto. Esquartejamos e salgamos as peças. Alguns cortes de carne eu separei e decretei:

“Irão a bife.”

O restante picamos miúdo e embutimos nas tripas anteriormente reservadas. Os pertences que ornam um corpo privado de alma, orelhas, pés, peles, botamos pra salgar. Assim foi consumido o *corpus delicti* e, finda a prova, que não éramos aprendizes, ficamos absolvidos dos horrores que nos fariam se provada a culpa.

Foi assim que tiramos a vida a um formidável suíno, criado por meses no sítio, para glória dos comensais que nos haveriam de seguir em infindáveis ágapes. Que se jure o mais profundo silêncio sobre tudo o quanto ora revelo, e que fica sepulto no seio da irmandade, arcano irrevelável, para perpétua proteção desses sacrificadores. Assim seja.

À noite o índio nos trouxe navegando de volta, espelho d'água brilhando lua prateada. Canoas solitárias de ribeirinhos nos acenavam de quando em vez, recolhiam-se. Chegamos no hotel borrachos, bebemos mais algumas. Falamos de futebol, eu e o argentino, venceu o sono, dormi embalado em melódica harmonia em que equivalíamos craques, não há melhor entre Biro-Biro e Maradona. Eram exatas três horas e trinta e três minutos — contei-os — quando Branco, herói da copa de 1990, mandou rascante bomba rede adentro, as pernas chutando. Acordei, fui pro cais ver a lua, a rádio fora do ar. Sem música a martelar bate-estaca, só paz, negro azulado da noite, lua amarela, branco clarão de Estrela esperança, sem tédio, plataforma flutuante só paz. Coração disparando, súbito vi da água saírem dois, ela e o pai. Dei de delirar, só faltava. Subiram ao cais.

"Que encantarias são estas?"

"Não conhece mais?", disse ela, transferindo culpas.

"Esqueceu quem te pôs no mundo, ó puto?", o velho.

"Só queria confirmar."

"Foda-se", o pai.

"Lá vem o senhor com a escrotice", ela.

"Nossa, pai, como tu é escroto", eu.

O velho ria, se eu tentava falar, ela atravessava.

"Um de cada vez. Não se acertam contas assim, organizem a falência, por favor."

"Ele está certo, ó filha. Vai dar uma volta, primeiro os mais velhos."

Ela acedeu. Pulou nas águas escuras, surfou no claro até a outra margem, ficou lá com encantadas nereidas a folgar.

"E aí, velho? Que veio fazer aqui?"

"Te ver. Estás mal. Foste ao cu, hein?"

"Nem depois de morto dá pra dar um tempo?", feliz de vê-lo.

"Como estão a andar as coisas?"

"Você sabe. E lá, no reino encantado?"

"Lá as coisas não andam. São. Teu caboclo-velho chegou anteontem."

Senti que era verdade. Continuou:

"Fodeu-se todo, coitado. Mas está bem agora."

"Pai, respeita ao menos os mortos."

"Uma porra." A cara debochada, naquele monturo de expressões poesia chorume deleite.

"Morreu de quê?"

"Próstata, mijo, culhão, fodeu-se todo."

"Que nem você."

Lembrei-me da noite última com ele, falei que ele ia ser avô, chorou, sabia ficar ali, não ver o neto. Até a manhã foram conversas, confissões, resgates. Agonia começou a partir dali. Tentei fazer a imposição das mãos, pediu que não fizesse, "Não adianta mais nada, ó puto". Entre delírios pedia para passear no átrio do hospital, eu empurrando a cadeira de rodas. Pedia pra ir ao banheiro, tomar banho. Pedia cigarros. Pedia pra voltar à cama. Pedia. Cismou de banho, concordei, talvez melhore. Única e derradeira vez que vi o pai nu. Dei banho, não podia mais com sabonete.

"Filho, é minha hora, preciso dizer-te uma coisa."

"Fala, pai." Minha voz embargou.

"Quero dar uma última cagadinha."

Voltou pra cama e morreu divertido. Lembrei destas coisas.

"Quem mais lá no reino encantado?", perguntei.

"O neto. Uma graça."

"Ia ter nome."

"Tem nome."

"Eu escolho o nome", subia ela ao cais. "Eu sou a mãe, o nome eu que escolho. Deu sua hora, velho, deixa eu falar antes que amanheça."

"Queres que eu vá embora?"

"Vai, pai, deixa ela falar."

"Então, foda-se." Abriu um sorriso. "Ah, queria dizer-te uma última coisa."

"Fala, pai, qual é a escrotice agora?"

"Eu te amo, meu filho. Foi o que te faltou falar."

Antes de resposta dali pulou a negras águas, netuno velho tritão, agitou o remanso que acabou selado ao claro de lua e foi de vez meu velho morar com as encantarias e caboclos d'água. No ar a FM--Inconsciente, num estrondo orquestra de metais e violinos ribombou, entrou rasgando um bandoneon de piazólicos acordes, *Adiós Nonino*, polifonia de um mestre argentino a contar o adiós de su padre. Chorei. Ela ficou.

"Fazendo o que aqui? Você não está morta."

"Vim do reino do encantado. Lá vivem também os espectros que morreram para os outros. Morri pra você."

Fatura cara. Um pai cura de dar tudo, o meu tinha vindo consignar mais coisas, de tantas oferecidas. Ela vinha era cobrar, e eu inadimplente.

"Você está bem viva. Eu que comecei a morrer e continuo, me deixe."

"Pensei que tivesse vindo para cá com aquelas putas do 'caga você'." Referia-se, obviamente, às amazonas da CAGAVC.

"Já falei que não admito brincadeira com isso. E não é da sua conta também."

"Não gosta mais de putaria?"

"Meu rio secou."

"Vim aqui te ver, tava com saudade. Só estamos aqui nós dois."

"Meu rio secou."

"Lembra-se do dia que gozei oito vezes seguidas?"

"Contei-as."

"Lá vem você com a porra das suas numerologias. Estou falando de gozo, sexo, foda."

"Vá falar lá com o *outra pessoa*, teu bife de soja sem colesterol."

"Com ciúme?"

"Como diria meu pai: foda-se."

"Nossa, falando até palavrão. Tenha ciúme não. Sinto falta de você, estou com ele mas penso em você."

"Ele toca violão em si?"

"Não, só você. Me deitava de lado, no colo, encaixava curva cintura a coxa direita, o braço do pinho era minha cabeça, sua mão esquerda marcava o rosto de posições, pestanas, sustenidos, dedos se enfiavam em ouvidos, médio na boca, indicador na bochecha, acarinhando, eu gemia."

"A mão direita cordas de pelos pubianos solfejava, polegar dedo de vênus em bordões de grandes lábios, indicador dedo de júpiter comandando clitóris, médio dedo de saturno atochando anel adentro, você delirava. Era um samba sincopado, batida de João Gilberto, arpejava gostoso."

"Eu molhava."

"Eu te olhava."

"Eu gostava. Por que acabou?"

"Rio secou. E, de mais a mais, depravei."

"Deu de querer perversidades, me fazer raiva. Convidar minhas amigas pra nós três."

"Foi mal."

"Foi mal? Isso que tem pra dizer? Vinte e cinco anos, pra quê? Pra ficar louco do nada e me largar? Filho da puta, eu te odeio."

E se lançou nas águas negras de melancolia. Ficou nadando, aura preta, em meio a rosáceos botos tucuxi. Bola seis rosa do amor deteriorou em negra sete, botou-me em sinuca de bico na vida. Saiu a nadar com botos, nado sincronizado, balé bonito, entrou nos alagados que eram margem outra, despediu-se indo ao sonido do coaxar do sapo grande, avô do muiraquitã. Ligou-se a rádio FM-Inconsciente e James Taylor selou de nostalgia cantando aquela canção, tão bela:

"Don't let me be lonely tonight".

Voltei de lancha a Manaus pela manhã, sem dormir. No computador do hotel abri minha caixa de mensagens, poucas profissionais e uma infinidade de inúteis que eu agrupava por blocos. Havia as de cunho pornográfico, algumas descambando à teratologia, cenas de necropsias, cacofagia, zoofilia, atropelamentos, despojos de campos de guerra em meio a cenas de sexo. Outras, de gente que se arrogava o direito de enviar correntes de oração, santos, mártires, temas pentecostais, solicitando reenviasse a mais não sei quantos amigos sob pena de perder fortuna, família, saúde, ou coisa que valesse. Com algum receio de perder tudo isso, embora nem sequer possuísse, apaguei tais mensagens, exceção de uma que, curiosamente, vinha de ser enviada não por um carola, mas por um contumaz pornógrafo. Título: "Não quebre esta corrente". Consistia na fotografia de uma ciranda de sete loiras de gatinhas, nuas, cada qual com a língua na vulva da próxima, fechando um círculo. Até no mais baixo nível subsiste a poesia. O paulista ocupava a máquina ao lado. Mostrei a foto pra ele e ficamos amigos.

Um terceiro bloco de mensagens era formado por aquelas de cunho político-reacionário, que insistiam em enviar os membros da ARLS Sociedade dos Poetas Mortos; clientes do banco; empresários; parentes distantes; gente com quem não cultivava intimidade. Artigos neoliberais, ataques enfurecidos a ideologias, criações de falsos intelectuais, mentiras repetidas para ganhar fumo de verdade. Ao modo das mensagens de pornografia, que traziam ao lado a expressão "cuidado", ou das mórbidas, que vinham acompanhadas da advertência "cenas fortes", as mensagens reacionárias se diziam "genial", "vale a pena ler", "emocionante". A que abri primeiro foi uma alertando a juventude sobre os perigos do socialismo, que se tomasse conhecimento do pensamento de Lênin estampado num decálogo jamais por ele escrito. Depois foi um poema, entremeado de fotos piegas, intitulado "Cansei", atribuído a um indefeso Carlos Drummond de Andrade — quadrava bem o título à peça, cansou-me.

Ler tais mensagens foi minando o bom humor até que cheguei à última, enviada por um do conselho de antigos da loja, fazendo importante alerta para o fato de termos uma terrorista ex-sequestradora na presidência da República, que se precisava afastar a qualquer custo. Fui acometido de uma eclosão verde de tudo o que há de pior, senti-me acuado e manifestei o escrotismo que na alma trazia. Hulk, o incrível, aflorou com chula verborragia. Concentrei--me num mantra exauriente para apaziguar:

"Putaqueparíucaralhomerdacubocetaporra, é foda, meu."

Acho feio falar palavrão, mas, respirando fundo um pranayama qualquer, proferi três vezes meu mantra. A raiva não passou, então escrevi uma resposta usando todos os termos acima e mais alguns, esclarecendo ter desenvolvido um software de respostas automáticas a mensagens indesejáveis, em especial as que fizessem críticas à esquerda, aos ambientalistas, à demarcação de terras dos índios, ao Movimento Sem Terra, ao desarmamento, que eu defendia todas estas bandeiras e tinha criado uma lista para repassar este tipo de mensagem. Dela constavam uma série de ex-guerrilheiros, integrantes das FARC, defensores da luta armada, radicais de esquerda e islâmicos prontos a matar ou morrer pela causa. A esta altura já sabiam que o emitente andava divulgando aquilo e sua vida corria sério risco. Que eu participava de sociedades secretas nas quais surgiram diversas das organizações que hoje atuam "dentro e fora, dentro e fora, dentro e fora", esta metáfora sexual engraçada com que a mídia define o *Movimento*. A esquerda juntou-se, na cela da ditadura, aos bandidos, criamos o crime organizado. O plano era dominar o mundo através do fomento da corrupção, espalhar as drogas, acabar com a sociedade burguesa. Quem ficasse divulgando aquelas porcarias ia acabar morrendo.

Me mandassem qualquer tipo de pornografia, piadas, mensagens esotéricas e correntes, eu aceitava, agradecido por ser lembrado. Só não me viessem foder a paciência, se não tinham o que fazer que fossem dar meia hora de rabo.

Mostrei pro paulista, que se absteve de emitir opinião. Fiquei desapontado, queria fazer graça. Ele me contou ser médico homeopata e, pra me vingar de sua desconsideração, comentei com desprezo:

"Bolinhas de açúcar. Só curam gente sugestionada."

Mas eu tinha razões que levavam a crer nas maravilhas da homeopatia. Aos dezesseis experimentei o sexo gratuito, não dependia mais de prostitutas, tinha arrumado uma namorada de São Miguel, a estenotipista. Com poucos meses, entretanto, fui sumariamente dispensado — descobriu, cravejadas no capitólio de meu falo, pérolas purulentas. Peguei foi dela aquela crista de galo, admitiu que pegou do homem que lhe fez filho, que aquilo não curava nunca, até um filho apareceu na história, e agora que eu estava contaminado não podíamos ficar mais.

Condiloma. Brotam bolotas, crescem coral, viram couve-flor. O tratamento consistia em isolar com vaselina sólida e aplicar um bastonete de nitrato de prata sobre a pústula. Uma vez cauterizada, cobria-se com vaselina. Segundo o urologista, queimadas, sumiam — rematada mentira. Quando achava estar tudo sepultado, lá brotava novo cancro, farmácia, vaselina, nitrato de prata, queima, tampa, espera. Vinha nessa luta desigual quando um amigo pediu que o acompanhasse a um centro. Dissimulei a necessidade própria de consulta espiritual numa demonstração de solidariedade ao amigo e fui.

A sessão iniciou com uma preleção seguida de pontos, batucada de atabaques e danças. Não tardou a que um dos dançarinos caísse ao chão numa gargalhada, pedindo charuto e cachaça. Saudaram na sua pessoa o Senhor Exu da Pedra Negra, que olhava a plateia com olhos revirados. Um velhinho magro batia atabaque freneticamente. Exu elogiou:

"Tu é bom, filhadaputa."

Pedra Negra falou com todos, um por um. Acompanhei a consulta de meu amigo, queixava-se de desemprego, problemas financeiros — fosse hoje não perdia de oferecer um empréstimo a juros escorchantes. A mim me atendeu reservado, tomando cachaça no gargalo.

"Que que tu quer, filhadaputa?"

Fiquei constrangido e com vontade de sair, mas segui na consulta.

"A namorada foi embora."

Exu me fitava, mirando a região acima da testa, e ria debochado. Intuí considerava-me corno. Naquele ato descobri não apenas que os espíritos enxergam num plano suprafísico, mas também que os chifres ficam registrados no corpo astral do traído.

"Tu vai comprar um olho-de-boi e vai usar uma guia verde, filhadaputa. Toma banho de alfazema sete semanas, tu vai ficar bem. A moça não vai voltar, mas isso é bom pra tu."

Eu nada tinha falado sobre crista de galo e, surpreso, vi aquele encantado que desrespeitava a mãe alheia me olhar solene e demonstrar um inusitado conhecimento científico:

"O nome dessa flor é condiloma. Não adianta queimar que vai voltar sempre, ainda mais porque tu tá fraco, encantado pela dama que te passou a doença. Filhadaputa, tu vai na farmácia mandar fazer remédio pra tomar, homeopatia. Manda fazer glóbulos de thuya. Toma cinco vezes por dia. Também pomada de thuya, passa no lugar. Tu vai ficar bom, filhadaputa. Esquece a dama."

A thuya fez murchar o ramalhete de *fleurs du mal*. Passei a venerar a homeopatia, mas nunca me ocorreu tratar a síndrome das pernas com isto. Agora, depois de longo sofrimento, um amigo homeopata, o paulista. Mandado por Deus, certeza. Adepto a numerologias, passou a explicar uma curiosa teoria dos setenários, que a vida do homem tem ciclos de sete. Sujeito curioso, o paulista. A gente não vê a luz do Criador senão por reflexo num ente menor, porque olhar pro Sol queima quem não seja um Moisés. O paulista irradiava a luz da sabedoria, feito a Lua irradia a luz do Sol. Mas a Lua é arcano insidioso, geralmente se associa a sofrimento.

Encontramos de noite e partimos ao forró. Ele de cara enganchou numa dona e saiu dançando.

Comecei a olhar pras mulheres do entorno quando surgiu a índia, a me cutucar, perguntando se eu tinha visto fulano. Falei que não conhecia. Insistiu:

"Mas você não é sicrano?"

"Não, mas posso ser."

Abriu-se em riso. O que julguei um repente de originalidade encheu-me de orgulho. Tinha era vindo no firme propósito de me abocanhar, originalidade em cantada é atributo dispensável. Do riso receptivo em diante foi fácil sair dançando, contato perfurante de seios no meu peito. A índia era farta. No intervalo da primeira seleção, índia no banheiro, fiz em silêncio um agradecimento às forças superiores que a enviavam naquele difícil momento. Depois de dançar e suar atochando a mão em farturas, saímos a beber capetas. Encontrei o paulista com duas, tia e sobrinha, aquela balzaquiana, esta jovem, dezesseis se tanto. A tia, pra meu espanto, não era outra pessoa que a pesquisadora, a do hotel flutuante e das minhas esperanças amorosas nos primeiros dias de selva, e a sobrinha era, salvo estivesse eu delirando, ninguém menos que a estenotipista de São Miguel. O Paulista de fraco nada tinha.

As mulheres, ao que notei, se conheciam as três, comemoravam o sucesso da pescaria, dois turistas pirarucus bobos. Tia e sobrinha fingiram não me conhecer, eu próprio, não lhes soubesse as histórias de vida com tanta minúcia, era capaz de achar que tinham esquecido de minha pessoa. Privava já de intimidade com a índia, saindo um tanto dos bons modos, perguntava se tinha camisinha, quero chupar seu rabo, obscenidades, ria aberto. Paulista falava nada, sóbrio, misterioso. A pesquisadora, grande duma piranha ali caçando homem, em desprestígio a seu status acadêmico, tinha caído muito no meu conceito. A estenotipista eu a sabia rematada putana, estava feliz por humilhá-las, agora eu só tinha olhos pra índia. Lancei a proposta: todo mundo no mesmo quarto. Resistência fingida da pesquisadora, a sobrinha condescendente. Foi nessa hora que mandou língua quente em meu ouvido, implorou ficarmos sozinhos, mais gostoso. Abri mão para subir só com a índia, servir minha senhora. Tive a incômoda impressão de que o recepcionista do hotel era o caipira — quando me deu a chave olhou misterioso. Preferi creditar isso na conta de um estranhamento alcoólico, subi com minha índia, tudo o quanto queria àquela hora. No quarto devassou o frigobar, enfiava-me bebida goela adentro, eu querendo parar. Fui pro banho, voltei armado, pica em riste, mais bebida.

"Meu bem, chega."

"Só mais um pouquinho."

Puxava sua blusa, a índia recompunha, espera um pouco, tome bebida. Dado momento senti atacar-lhe uma espécie de nostalgia de arrependimento, cheirou-me a sair do banho, rosa orvalhada, "Como você é cheiroso", melancolia de quem judia de inocente, tristeza do caçador que mata a presa. Eu nem usava perfume, pensava recender a soro de queijo ou pé de porco. Meu couro paulista cheirava diferente. Agarrei nos cabelos da índia, baixei blusa, pularam mamilos morenos de cacau e leite a coroar duros seios, ogivas de ovo de páscoa, sonhei derretê-los sob língua, engolir matéria doce mixórdia peito e saliva grossa, saciar num torpor o vício dos chocólatras carentes de amor, coisa última que lembro. Quando colava lábios à flor chocoláctea dormi, só ouvi balbuciar distante e doce:

"Boa noite, Cinderela."

Acordei no apartamento do paulista, um flat bonito lá pros lados de Moema, morava bem o homeopata de meia-pataca. Prédio *para pessoas de bom gosto*, espigão de estilo neoclássico, pérola da arquitetura neobrega, torre plantada num arquipélago de ilhas gregas ornadas de animais marinhos, terraço gourmet, greenspace, kidsplace, essas coisas. A descarga da privada, que funcionava a energia solar, tinha dois estágios, um para *sólidos*, outro para *líquidos*. Água da chuva ou da lavagem da calçada, juravam que iam salvar o planeta.

Percebi São Paulo pelo cheiro azul, olfato ainda preservado no estado da sonolência. A meu lado a espartana mochila onde dei por falta da carteira de identidade e do talão de cheques *monet gold--personnalité-private-first-class* que me autoconcedi, a par de saldo, furtado para aplicação de pequenos estelionatos nos comerciantes ribeirinhos. *Meu amor me deixou, levou minha identidade.* A índia não se deu tão bem, dinheiro não carrego, Stendhal pra nada servia, gotinhas do sono tampouco. Bem feito, vagabunda. Ainda tentei por telefone algum contato com o hotel, depois capitulei, desisti de tirar nova cédula, quem perde a identidade dificilmente reencontra. Saí confuso do quarto pra sala onde me esperava um maternal paulista. Dois dias transcorridos no sono, lembrava nada, contou que vim andando e conversando, boi concordato, tangido por ele e pelo recepcionista do hotel que, agora tenho certeza, era o caipira. Me esperavam pro aeroporto, como não descia, subiram, deram banho, cataram coisas, me conduziram. Acredito que da mesma forma tenha pairado nas mãos da índia depois do apagão, cedendo tudo o que podia. Por sorte, podia pouco.

"Podiam ter tirado um rim de você."

Tirassem rim, próstata, o caralho. O paulista relatou que só me largou sozinho no hotel com a índia porque o caipira/recepcionista lhe havia garantido me conhecer de longa data. Agradeci, saí, nunca mais vi o paulista, não quis mais ver, fui procurar a bruxa-espanhola. Tarô, búzios, astros, mandou voltar para um trabalho com o grupo das amazonas dia tal.

Fui ao sítio ver o que tinha sobrado. Não cheguei a tempo de testemunhar as exéquias do caboclo-velho, quando cheguei já tinham sido. A viúva, estoica, manifestava desconhecimento da perda. Morreria semanas depois, como acontece aos casais que superaram a consolação, velhos pombos inseparáveis. Ao menos de tal sina me via livre, ela morreria no seu canto, sem dar ciência, eu no meu.

Continuando a largar coisas, prestei minhas homenagens aos filhos e mandei-lhes cuidar da viúva, que eu não podia. Vendi vacas e porcos pro abatedouro, fechei a casa e a porteira, esvaziei-me ao sítio. Não cogitei vender, deixei lá. Aquilo que um dia pensei ser casa do Monet monetário foi é engrossar fileiras dos túmulos de sempre, eterna tumba Taj Mahal pirâmide monumento de celebração de mortes, casa de sombras.

O despedir-me de meu emprego o fiz com sofisticação. Convoquei a diretoria do banco disposto a, revelando arcanos insondáveis, viabilizar um ritual coletivo de contemplação da última encarnação. Segundo um ensinamento védico é muito importante saber como fomos em nossa derradeira vida, privilégio que não se pode estender a todo mundo. Assim, aquela revelação era só para clientes VIP, *très charmant* ou *first class*. Eu ensinaria, a partir de uma visualização criativa, como observarem uns aos outros na última forma em que se viram encarnados. A partir deste conhecimento poderiam identificar o que lhes impedia pleno sucesso financeiro, quais bloqueios psicológicos trazidos de outras vidas atrapalhavam na busca da fortuna. Junto a quatro diretores do banco, que apostaram na façanha, convocaram-se mais oito clientes, totalizando doze, fora eu — contei-os. Material que pedi aos organizadores do evento: um prato de porcelana branca virgem, uma vela de sete dias consagrada, uma tigela d'água.

Iniciei a preleção induzindo todos, com um pêndulo de cristal, num relaxamento que levou ao estado de vigília. Quando atingiram o ponto mandei fechar os olhos e colocar a ponta da língua no céu da boca para ativar a glândula pineal. Falei isso com muita solenidade, embora desconheça a função da glândula pineal, ou mesmo sua existência. Ato contínuo, imaginar um campo florido pelo qual caminhassem. Então deparavam com enorme árvore, a cuja frente estancavam. Havia um elemental na porta de um oco da árvore, educadamente se pedisse licença ao gnomo que, tão educadamente quanto, a franquearia. Ambientado à escuridão, deveria o viajante promover alguns passos até o primeiro degrau de uma longa escada descendente. Pronto, tomassem coragem, fizessem uma prece sincera e começássemos a empreender a descida. Seriam trinta e três degraus, o primeiro representando o momento atual e a cada degrau baixado voltava-se um trinta-e-três-avos de vida — aproximadamente um ano, pela idade que as pessoas ali aparentavam, idade da razão e da ambição. Agora me acompanhassem, cada qual recordando a própria vida a um degrau descido. Trinta e três. Trinta e dois. Até o número um fui observando as expressões, olhos cerrados de alguns vertendo lágrimas, nirvânicos.

Do degrau número um conduzia-os até um tronco deitado, cujo diâmetro absurdo não se podia avaliar, atacado de cupins e oco feito um cano de adutora com trinta e três metros de comprido. Tal tronco representava a vida, o fio cepado pela parca jazia tombado. Devia o viajante postar-se na entrada do túnel. Coragem, diferenciados, agora se tome profunda respiração, prender, correr tronco adentro contando regressivo, trinta e três, trinta e dois, trinta e um. Quando eu falar *zero* será o fim do túnel, território da encarnação derradeira. Respirar, correndo, trinta e três, trinta e dois. No zero pedi que parassem e abrissem os olhos mentalmente, enxergando a ponta dos pés, pernas, cintura, o abdome, peito, por fim o rosto. Neste momento ia-lhes um a um no ouvido, conversar sobre o que viam. Falavam com voz de criancinha chorosa: vejo um centurião assistindo a crucificação, vejo um pierrot apresentando-se num circo de Veneza, vejo um índio testemunhando a devastação do oeste estadunidense. Emocionados, vozes miando embargadas. Depois de falar a cada qual dirigi-me ao grupo:

"Foi-lhes concedida, eleitos, uma graça. Poucos homens a alcançam. Abriu-se um portal. Agora os senhores habitam os limites de um mundo onírico, onde reveem situações de outras vidas, onde se encontra a razão pela qual não conquistam a fortuna que lhes é merecida nesta. Seus pecados foram perdoados, não conhecem mais limitação. Façam uma análise profunda dos erros que cometeram nesta última existência, descubram o carma que trava a experimentação da plenitude financeira na vida presente."

Eram já remediados, só a cobiça os guiava atrás do mais que julgavam merecer.

"Agora tirem a língua do céu, relaxem boca, garganta, cabeça. Vamos fazer um exercício em que são ativados chacras nos rostos de vocês, com toques específicos. Isto vai despertar a terceira visão. Olhando o companheiro ao lado poderão enxergar sua última encarnação. Peço silêncio, concentração e paciência, enquanto procedo aos toques. Façamos uma prece sincera."

Enquanto rezavam, passei a fazer uso do ferramental. O prato branco de porcelana virgem pus sobre a chama da vela, colhendo fuligem num negrume aumentado a cada segundo de exposição, até tornar-se o fundo do prato uma pasta espessa. Deixei esfriar. Passei pontas dos dedos na fuligem e rumei ao primeiro, pacífica e submissamente deitado. Era um quarentão apolíneo, empresário halterofilista tenista. Fazia-se acompanhar da esposa, bachiana loura com piercing no umbigo, seios inflados de borracha, saíam-lhe fotos em revistas sem texto. Comecei a *despertar os chacras*. Não eram toques místicos, mas simples arrastamento de dedos sujos desenhando nos rostos bigodes ridículos, chifres, cavanhaques, cavalos-marinhos, xingamentos, corno bicha vadia, símbolos escolhidos conforme a personalidade do cliente, falos rupestres desenhados nas faces, os escrotos peludos à moda de cactos. Findo o ritual, pedi-lhes que, ainda de olhos fechados, sentassem confortavelmente para eu acender as luzes. Esperassem a ambientação para poder olhar a vida anterior dos companheiros. Fizessem-no calma e refletidamente, depois a imagem sumiria. Agora, a prece de agradecimento, e uma em tributo a mim que, conduzindo-os a tão proibido território, expusera minha espiritualidade a perigos imensos.

Sentado lavei mãos na tigela de água lustral, como Pilatos. Fui pra porta, mandei abrirem os olhos e comecei a gradativamente acionar o dimmer do interruptor, aumentando a luminosidade até o ponto em que era tudo visível. Fiquei dezenove segundos — contei-os — a olhar perplexos semblantes, cada qual mirando o outro, emudecidos. Dezenove, número do Sol, o diabo ria da ingenuidade daquelas crianças traídas pela ambição, achando que podia chover ouro.

Saí a outro aposento, em condição segura. Vendo que depois de cinco minutos não deixavam de ver a *outra encarnação* de seus pares, passaram a se dar conta, descobrindo a fuligem e a infâmia a que haviam sido submetidos. Dois aposentos além, perto das escadas pelas quais ganhei a rua, deu ainda pra ouvir uníssono o coro:

"Filho da puta!"

Nunca mais voltei ao banco. Soube depois que os investidores sacaram suas economias, levando-as a um banco estatal, para desespero dos banqueiros patrões meus. Aquela diretoria foi demitida. Acho que fui também, furtei-me ao desprazer de ir confirmar.

Compareci na sede da CAGAVC no dia que a bruxa mandou. Esperavam sete soldadas — contei-as — cinco maduras, duas balzaquianas. Levei ervas, que o ritual cumpriria a pauta do xamanismo. Encontrei Amazônia onde menos esperava.

Fizeram uma roda, eu no meio, deram-me pra beber um filtro e mandaram fechar os olhos. Fumei um cachimbo, a cabeça rodou, fecharam cerco sobre mim, chegando a encostar. Gostei, mas não havia como erotizar, embora mamilos cobertos de um véu de tecido mole insistissem em perfurar a tênue barreira de minha moralidade. Não havia como, por que tampouco, tudo confreira, mas pensei numa bacanal insípida. Tem um bicho dentro de mim que sempre quer afrontar superioridades. Se estou na igreja, começa a descer a torrente de palavrões inconfessáveis, se falo a um sábio, um espírito não evoluído sopra em meus ouvidos que o soque. Vivo a controlar este impulso malsão.

Apertada a ciranda, as amazonas começaram

a soprar em mim um bafejo sentido, puxado das entranhas, raivoso e gutural, pra expulsar malignidades. Eu tremia e arrepiava, fraquejando, não caí porque bem preso no círculo de damas, sucuri coletiva de flores, agradável descarrego. Inopinadamente lacearam, fiquei sem apoio e fui ao chão feito um pacote. Foi quando desceram sarrafo, palma-de-são--jorge comendo no meu lombo, e a coisa ruim saiu. Me deram um banho, ó glória, com resquícios de erva deitei nu no chão, ficaram em volta de mim rezando a noite toda. Um pássaro grande, um pavão misterioso, voava acima, era o que viam meus olhos astrais, que os físicos iam bem fechados. Dia claro a bruxa me despertou, conduziu à porta e falou de eu ir pra casa, onde teria um sonho. Fui, deitei e dormi, não digo que como havia muito não fazia, pois não ia longe a noite de um dormir profundo, por conta das bolas que a índia pôs no meu copo. Mas dormi natural, de até acordar tonto, feliz e recomposto.

No sonho, que sonhei de fato, eu e o pai tínhamos ido num ônibus passar o fim de semana na casa de praia. O pai já era morto no tempo do sonho, coisas oníricas que não se explicam, realização de um desejo de passar mais uns dias ao lado dele, saciamos mútuas saudades. Pra volta deste weekend telefonamos à companhia de ônibus, e foi mandado um veículo sem motorista.

"Queres guiar?"

"Não, pai, dirige você. Quero ficar olhando o passado da janela."

"Filho, estás a padecer de agorafobia."

Caí num riso frouxo com aquela típica blefada, uso de um conceito que nem ele sabia, tão meu pai.

"Que doença é essa?"

"É essa nostalgia que tu tens. *Fobia do agora*, vives preso ao passado, filho. Segue tu, agora, que já eu me fui. Segue só."

Meu riso virou um choro de menino abandonado em meio a uma praça, a uma multidão inóspita, onde não tinha quem cuidasse de mim.

Com o pai no volante, voltamos pela rodovia Rio-Santos, entre mar e floresta. Tangendo os beirais da estrada nas curvas o velho foi radicalizando as manobras e senti necessidade de tomar o volante, por segurança, que ele não podia mais. Dirigia agora feito um morto que abandonou tudo.

Sugeri almoçarmos em Bertioga, como antigamente. Ralhei com ele pelo modo escroto de guiar e paramos o ônibus num barranco. Uma Kombi, que vinha em sentido contrário, fez arriscada manobra para desviar do ônibus e rolou pela ribanceira. Começou a juntar gente. Atravessei e fui ver o estado da Kombi lá embaixo, diziam que tinha pegado fogo, o motorista morrera. Neste momento um pássaro azul varreu minha cabeça com suas penas, o pavão do ritual, bicho da parte do Espírito Santo. É Ele quem preside o Julgamento.

Olhando abaixo vi na água um réptil negro de três patas, nadando próximo à tragédia. Alguém na multidão falou seu nome, que não lembro. Este monstro fazia as vezes de acusador naquele tribunal, se comprazia da desgraça do motorista. Voltando a vista pro ônibus vi que havia soltado o freio e descia mas, em vez de rolar pelo barranco, parou na porta do restaurante, como que nos convidasse a almoçar. Estava tudo bem.

O sonho previsto pela bruxa me revelou como o mal que me era destinado se desviou graças à energia que as amazonas empregaram em meu benefício. Num Julgamento conta-se também com testemunhas, não basta uma boa defesa. O acusador é impiedoso, o juiz severo e não raro injusto. Fugi na intuição de cura, mas estavam ao meu lado as amazonas que eu buscava, minhas irmãs da CAGAVC.

Assim foi. Na sugestão de que uma amazona havia de me devolver o sono encontrei a índia, que quase me matou. A intuição não era errada, pequei só no modus operandi, afoito aprendiz sem um mestre que o guiasse. Depois de metabolizar o sonho, invadido por uma onda de autoestima decidi seguir os conselhos médicos e iniciar a reeducação espiritual pelo físico. Fui correr no Ibirapuera. Era então o dia onze de setembro, dia de destruição de templos, não restou pedra sobre pedra. Dos escombros vinha, nos derradeiros três dias, subindo meu templo, tijolo a tijolo, pedra cúbica selada a cimento místico. O Senhor renasceu, aleluia, aleluia. Um doutor havia recomendado academia de ginástica, o que refutei veemente, por incompatibilidade com a fauna. Academias são lotadas daquele ser que desgosto, o humano; sejam playboys musculosos ou decrépitos insistentes na saúde, não gosto de tê-los por perto, esbanjam serotonina, irritam-me.

Saí do Ibirapuera, passei defronte ao extinto

DOI-CODI haurindo sofrimentos, gritos da tortura, jornalistas enforcados, tragédia empurrando nação povo adiante, do meu limão limonada. Tomei o curso da avenida Brigadeiro Luís Antônio rumo ao Centro, corri até a Paulista pelo canteiro central, uma alegria insuspeita minando da aura com o suor. Pouco ligava aos que olhavam, tinha perdido, com a identidade, a vergonha. Quando fechavam sinais de trânsito saía do passeio e, à frente dos ônibus parados, ensaiava passos de Fred Astaire numa dança só minha, que ignorava o mundo, igual tinha visto um maluco fazer na avenida Água Espraiada.

Parei na frente do Masp, entrei suado fedendo vida alegria e suor. Suava literatura. Fiquei muito tempo a contemplar a tela *O Rosa e o Azul*. Olhá-la sustinha o bem-estar. Do meu lado um velhinho magro, de barba grisalha, boina e paletó de tweed puxou conversa.

"Eis um grande artista."

"Sem dúvida."

"Sabia que ele pintava por uma questão de sobrevivência?"

"Como assim?"

"Renoir tinha latências de homem perturbado, acometido de depressão. Desenvolveu um método pelo qual se libertou ao deixar fluir a alma pras telas. Descobriu que arte represada tortura, perturba o eleito a vertê-la. Assim, tinha que pintar todo dia, a bem de manter-se vivo. Pintar é o que o fazia continuar."

Compreendi o aviso daquele encantado, fantasiado de *o próprio pintor*. Eu mantinha acesa a chama, estava escrevendo, a vida fluía. Enquanto levei olhos pro teto a digerir aquela filosofia, o velho sumiu. Tomado da mesma alegria desci a rua Augusta rumo à Bela Vista, pra porta do templo da ARLS Flor de Acácia do Bixiga, à caça de sentir o espírito de Adoniran. Na rua Treze de Março parei num boteco e pedi um rabo de galo. Sentia ainda o aquecer do peito reconfortante, o cantarolar de um samba dos Demônios da Garoa, quando dedos engelhados cutucaram-me o ombro direito. O velhinho sósia de Renoir.

"Essa história de chutes sou eu a te puxar as pernas, pra fazer retomares o rumo da tua vida, pá. Por isso pus no teu caminho o argentino, que mostrou como se escreve: anota-se tudo. Precisava me desculpar pelo peso da primogenitura que te impôs a necessidade de gañar la plata, pelo caminho errado que te levei a escolher, de trabalhar por dinheiro para o que não acreditas. Este sacode das pernas foi mandado pra te recolocar no caminho, no *teu* caminho. Experimenta fazer feito o argentino, deixa falar tua alma, expressar tuas coisas escrituras. Este sacode das pernas é tua literatura reprimida. Escreve-a, faz fluir, deixa o rio correr pro mar, desaguar e se fundir no todo que é nada, sumir."

"Meu rio secou, pai."

"Não fales, merda, ó moleque. Olha teu fiozinho correndo. É afluente barrento revolvendo um Solimões em ti, engrossa este rio, deixa desaguar."

Pedi outro rabo de galo, fiquei ali ouvindo e chorando incontido. O atendente pensava testemunhar mais uma desventura amorosa, outro desiludido — o velho era invisível pros outros. Mal sonhava chorar eu o reencontro da musa, a eterna Literatura, registro inapagável do sentimento da Humanidade. Que misantropo nada, amava entender as gentes, grafar, registrar, misantropia nada, irmãos, ser um com eles.

"Outro rabo de galo, filho?"

O barman me fitava, parecia que de longo tempo.

"Não, pai, obrigado."

"Foda-se", essa era a voz do Renoir. Ouvi-a do lado esquerdo, ao me virar não estava mais. Saí do bar a flanar pelo Bixiga. Escreveria todos os dias dali por diante, a bem de minha integridade. Lessem quisessem, não lerem desimporta, importa escrever. Banco não mais, não mais chutes nas pernas, impor uma literatura barroca, adjetivada, colorida, tropical, pegar os leitores pela cabeça, chacoalhar a boca cheia de tequila, fazer engolir. Estender no chão da feira meu pano, deitar por cima as palavras e ir catando cada uma, escolhendo e destinando, mestre do circo de pulgas. Uma literatura verborrágica, polifônica orquestra de tango piazólico, hermética, Hermeto a tirar som até de tampas, barroco, sensações difusas bombardeando. Vômito até, mas chuva de flores, a incontida alegria das noivas sob as pétalas, choveria nas moças pra colar bico de peito em camiseta. Choveria choro, choveria pólen, fecundo faria filhos, criaria meu Mundo. Só não poria nomes, nomes dispensaria aqui onde a substância se faz explicar pelo contexto. Pra encerrar o relato, se tanto interessa, neste universo anônimo em que as personagens carecem de substantivos próprios, saber o meu nome, eu digo: René, Renoir, Renato, Renascido, Ressurrectus, Rei dos Reis, Rei do Mundo, Raimundo, Nonato, Adiós Nonino, Neonato, Nascido de Novo.

ESTA OBRA FOI COMPOSTA PELA ABREU'S SYSTEM EM ADOBE GARAMOND E IMPRESSA EM OFSETE PELA GRÁFICA BARTIRA SOBRE PAPEL PÓLEN BOLD DA SUZANO PAPEL E CELULOSE PARA A EDITORA SCHWARCZ EM MAIO DE 2019

A marca FSC® é a garantia de que a madeira utilizada na fabricação do papel deste livro provém de florestas que foram gerenciadas de maneira ambientalmente correta, socialmente justa e economicamente viável, além de outras fontes de origem controlada.